粉 色

欧德柳 著

江苏凤凰文艺出版社

图书在版编目（CIP）数据

粉色 / 欧德柳著. —— 南京：江苏凤凰文艺出版社，2018.10
ISBN 978-7-5594-2931-5

Ⅰ. ①粉… Ⅱ. ①陈… Ⅲ. ①短篇小说－小说集－中国－当代 Ⅳ. ①I247.7

中国版本图书馆 CIP 数据核字(2018)第 218042 号

书　　　名	粉色
著　　　者	欧德柳
责 任 编 辑	黄孝阳　胡　泊
出 版 发 行	江苏凤凰文艺出版社
出版社地址	南京市中央路 165 号，邮编：210009
出版社网址	http://www.jswenyi.com
印　　　刷	江苏凤凰通达印刷有限公司
开　　　本	880×1230 毫米　1/32
印　　　张	7.25
字　　　数	175 千字
版　　　次	2018 年 10 月第 1 版　2018 年 10 月第 1 次印刷
标 准 书 号	ISBN　978-7-5594-2931-5
定　　　价	32.00 元

（江苏文艺版图书凡印刷、装订错误可随时向承印厂调换）

目录

001　7楼和5楼

004　暗流

019　别处之路

075　不过是一场梦

086　地铁里的吸血鬼

095　怪癖、文身和空气

106　恋爱中的火星人

116　了却一段情

126　凌晨两点，遇见迷路的小猫

144　暖暖

165　失恋拍档

182　四人行

202　他和他的猫

211　想当平胸的女孩

221　小二

7楼和5楼

同一栋写字楼。
她在7楼,他在5楼。
一家公司,两个部门。

某天,他上7楼办事,看见她,看见了回忆。
6年前的那个人,似曾相似,又有不同。
他想说嗨,天气不错哦。
而窗外正下着凄凄惨惨的雨。
还好没出口。只是看着她,看着她。
看得周遭静寂无声,看得时间凝冻静止。

隔几日,同事聚餐。
酒过三巡,他问起7楼的她。
传说是相当的惊艳。
现实亦缤纷梦幻。
像童年听过的故事,儿时哼起的歌谣。
她叫点点……

某天,同事介绍:
"我一个朋友,想找个摄影师帮忙拍鞋子,网店用,饭谢。"

于是他们相交网络。
QQ 里，闲拉淡扯。
他并不知道网线的那一端就是她。
直至她下 5 楼办事，他突然回过神。
"丝袜奶茶"，就是点点。

他越来越喜欢和她敲字。
聊着又加花椒又加盐的话题。
从各自养的宠物，到内衣的尺码。
从爱听的歌，到身上隐私部位长的痣。
他喜欢她的通透，以及迟钝中有一丝直达心底的率真。
就如她眼神传递的信号。
清纯骚。
话题在暧昧，心情在暧昧。

雨夜，奶茶店。
他等朋友，用手机 QQ 和点点敲字。
那天你穿的丝袜很妖艳哦。他说。
哦？你是丝袜控？她问。
我是妖艳控。他答。
空气里弥漫的分明是情愫的味道。
当她突然说道："可以看做是你对我的表白吗？"
……
他用省略号安放内心的悸动。
玩笑，别当真。

想起电影《花样年华》。
"如果，我有多一张船票，你愿不愿意和我一起走？"

周慕云问苏丽珍。

也许他并没有问出口,只是身在异乡内心的残念。

仿佛可以听见那2046客房里响起的回声。

是留声机不断的播放。

她的身影,她的声音。

2046的房间或许回不去,公元2046肯定会到来。

假设他们还能相遇。

5楼的他应该头发斑白却仍旧健硕,7楼的她可能散发着不同于青春的另一种魅力。

天空要出现一片火烧云,为皱纹的脸镀上一层岁月流金。

"如果,我是单身,你愿不愿意和我牵手?"

35年前那个雨夜他就想问的话……

"如果,我是单身,你愿不愿意和我牵手?"

这是他的留声机,这是7楼和5楼的简单故事。

暗流

1

  盛夏八月星期六,4∶55pm,十分普通的一个下雨天。穿着红裙子的陌生女人似飞机空降军需品般来到我家。

  雨很大,水滴饱满得如同门外女人的胸部。门铃声响起时,我正跷腿坐在三人沙发上看阿莫多瓦的电影《回归》。女主角是汤姆·克鲁斯的前女友,名字长得饶舌,脸蛋长得咋舌。喝瓶冰冻百威啤酒悠悠然好不惬意。昨天打篮球扭伤了右脚,拼抢篮板下落时踩到了对方球员脚上。毕竟不是二十出头的小伙子了,身体柔韧度大不如前。脚脖子顿时肿成了 B 罩杯,现在正缠着绷带包着药。

  一……二……三……门铃共响了七次,尖锐的门铃声像科比晃左切右的突破般穿荡沉闷的空气,简直就是不把球从防守者的脸前扣进便不罢休一样。坦白地讲,我不想去开门。沙发离门足有五米远,书报杂物食品袋丢了一地,再加上乱放的椅子,单脚跳过去难免磕磕碰碰。加之两个多月前离了婚,暂未恢复心情,不想见任何人,更不希望有人打扰。我只需要清静,绝对的清静,孤独的清静。

  前妻是我大学学妹,小我三岁。一次图书馆邂逅,死缠滥打地追求,然后相恋。她毕业半年后我俩便结了婚。五年来感情一直不错,几乎没吵过架,无论大事小事都商量着一起处理。我认为彼此之间很透明不存在秘密。亲密无间举案齐眉形容的大概就是这种关系。每逢假期便四处旅行,滚床单不下六百次,还时不时搞搞车震。无疑我是深爱着她的,熟悉她身体的每一个细节,知道她左乳下有个小小的朱砂痣,偏爱她修长的脚趾头。大学时私生活一度泛滥,睡过的女孩一打有余。但是和她相恋后,就再没与其他异性睡过觉。她和我睡时还是处女,并且是新婚夜。回想起来,那一段日子不可思议的纯洁,近乎荒谬的青涩。搂抱亲嘴便使荷尔蒙沸腾到了极限。

她听说过我以前的风流艳事,我知道她在意,眼神和嘴角皆迫不及待地试图打探。终于有一天夜里,她问出了口。

"你到底和多少个女人发生过关系?"

"什么关系?"我明知故问。

她轻咬我肩。

"我嘛,只和你睡过。"沉默了三秒钟,她说道。

"哦。"

"哦什么,搞不懂你们男人,难道非要那样才觉得爱过?"

我决定装傻到底:"什么?哪样?"

她掐我,我叫痛。

痛过后我挠挠耳朵,打哈欠:"无所谓搞不搞得懂,性这东西与生俱来就有,跟饿了吃饭渴了喝水是一码事。"从进化角度来讲,男人将自己的 DNA 广泛散播堪称天生的使命。类似狗圈地。

"不是那样的。"她抬高声调,"是先有了爱,才会有性。我不能容忍没有爱的性。"

她有种执拗的性格,常常因琐事钻牛角尖。我决定停止和她讨论这个话题,翻身睡觉,不再言语。

"如果有一天,我和别的男人睡,你会怎么想?"她不依不饶。

她当然不会这样做,我太了解她了,不外乎是女人引男人吃醋重视她的小手段。此时只需要我搂着她装出可怜样说上一句"我会非常非常伤心"即万事 OK。

她满意地笑,我俩轻轻接吻。

"放心,我只会和爱的人睡,只和你睡。"她说。

然而,接下来的事实证明,我过于乐观,或者她过于善变。

三个月前,她开始以各种理由晚归;两个月前,以各类借口拒绝同房;一个半月前,无缘由地失踪,仅留下张纸条,说想一个人清静、独立思考些问题,叫我不要去找她不用担心她自然会回来云云;一个月前,收到律师函,提出协议离婚,越快越好。财产分文不取,甚至遗留在家的衣物也一件不拿。我大脑像用乳胶漆涂抹过般空白,完全弄不清状况。俨然被抛弃月球的宇航员,四周茫然漆黑,氧气罐里的空气行将用光,只能眼巴巴地目视飞船消失走远。我要求见她,迫切的想和她沟通。遗憾的是她只通过外貌文绉绉做事却十分利落干脆的冷面律师交给我一封信。

"抱歉。"她写道,"最近一段时间着了魔般迷上一个男人。初次见面就涌起冲动,下面湿漉漉,幻想他进入我体内,甚至因此弄脏内裤……我们认识不到一小时就上了床,翻云覆雨昏天黑地地做爱。我惊讶自己的变化,简单说来——淫荡——淫荡得根本就不是我,而是变成了另外一个女人。我为他做了许许多多不曾为你做过的事,一旦上床便无法分开,和他做才体会到了前所未有的快乐……抱歉,并非有意刺激你,只是我自己也无法理解诸类行为……尽管我从未爱上他。

"总之,我很难继续和你生活。请你理解我,答应我的请求。对不起……"

对不起……如果说对不起就有用的话,世界还要警察来干吗?
Said by 道明寺。

到底是什么样的男人会让她如此迷恋?又是何时开始的?我竟然

丝毫没有察觉她的变化。信里的内容,简直就跟村上春树小说描写的一样。我知道你是村上粉,也不至于身体力行如此致敬吧。为他做了不曾为我做过的事……是什么？BJ? 69?……我不愿多做设想,头脑里却情难以堪地描绘自己老婆如饥似渴吮吸其他男人的情景……

我签字离婚,没有悲伤,没有愤怒,简直平静得可怕,自己也暗暗惊讶,惊讶似同冷漠的冷静。处理完后继续工作,照常上班,从此房贷一个人还,床一个人睡,饭一个人吃。除了这些,其余好像完全没受到影响。为什么一点都不悲伤呢？只是,你知道,夜幕降临熄灯合被后,嗅着她一点点淡薄、逐渐消逝的气息,我会不可抑制的咬着被子默默流泪——原来我根本不曾了解过她。

由此,又过去了一个月,三十天。前事完。OK,切换视点。

2

陌生女人穿了件红得惬意的 V 领吊带连衣裙,长发微卷,蝴蝶结圆头金色浅口鞋分外乖巧。貌似过小的胸罩挤出宏伟的乳沟。即便手里撑有雨伞,头发、衣衫亦有些许淋湿。湿润的裙子紧紧贴合大腿,黑色的蕾丝内裤若隐若现。说是女人未免艳俗,年龄大概二十二三,"女孩"更为恰当。不过眉眼嘴角自然流出的灵婉风情又非女孩所有。

"有事吗？"我吞口唾液,嘴干。

她像终于发现了传说中的深巷美食般盯视我,而后极其热烈地搂住我脖子,用甜得可以长蛀牙的声音叫我"亲爱的"。独脚难支,我被她扑倒在木地板上,她的头枕我胸前,长发像风吹落的菊花倾洒。发香很好闻,清爽的梨花味。

一树梨花压海棠。

头有些大。

头有些大。

她不发一语,用脚勾门关好。坐在我身上,拉掉连衣裙肩带退至腰际，剥荔枝般露出姣好的皮肤。胸罩果然也是黑色的蕾丝。坦白地讲，我早有反应。快三个月没和女人睡过，哪受得了这种刺激。只是，被陌生女人如此压住，飞来艳遇无所适从，索性由她摆弄。

她手放进我T恤，极具挑衅地抚摸我，脱我裤子。轻薄的运动长裤，毫不费力轻而易举的便连同内裤一并拉下，勃发的兄弟直挺挺沐浴空气。她露出如波普画家笔下的橙色玛丽莲·梦露般暧昧的笑，看看兄弟，又看看我。

她解开胸罩，扬手一丢挂在落地灯上。灯是我三年前从一位摄影师那里买的恒定光源灯，我把灯泡换成了日常用的低照度，用作落地灯使用，前妻也喜欢得很。她对家装设计情有独钟，书柜有一排堆放的全是她买的相关杂志。而今前妻已抛家弃夫，心水的灯正挂着来路不明妙龄女人的蕾丝胸罩。而我，正被她坐在身下摆弄。淋了雨的原因，她的手指凉飕飕，盛夏夜里享受冷气的快感随其手指的移动汹涌而来。

太久没和女人亲密了，很快我便一泻如注。完事后，她筋疲力尽般枕我胸口就势睡去。没过多久——至多十秒——居然轻响鼻息。熟睡的猫。我抚摸她细软微润的长发，眼望天花板长出一口气，假如延伸，足足可以从地球至火星。

这到底怎么回事？
W.
H.
Y.

3

两小时二十三分五十六秒后陌生女人醒来。这时间里我拖着腿背她上床，简单收拾了凌乱的房间，避免大面积沾湿右脚的前提下洗了澡。出浴后用吹风机吹干绷带，还有十六个小时才能换药。肚子饿，就着中午炖的砂锅鸡煮了汤面吃。对做吃的我颇具信心。

煮了热咖啡走回卧室坐床沿看着她。堪称华丽的脸孔散发妩媚动人的诱惑力,放进橱窗作大牌服装的广告模特供男人思慕亦绰绰有余。如此美人竟然为我 BJ,实在是天花乱坠般的梦幻,夸张得近乎傲慢。

"《阴天》,莫文蔚的歌,有吧?"

这是女人醒来后的第一句话。为啥初次开口便要听莫文蔚的歌?幸好前妻是她的歌迷,买齐了至今所有的专辑。我平时很少主动接受流行音乐,我喜欢的是爵士乐,尤其钟意老上海,嘿咻时用作背景音乐岂止一般的棒,阳具都要比平时硬,分明就是我的蓝色小药丸。可惜前妻死活听不进去,严重到爵士乐一入耳,便哈欠连连。

我打开 JBL 小音响,放进 CD。《阴天》,阴天。

"咖啡,给我。"

这是第二句。

我递给她,她浅啜慢咽。

第三句异常简洁——"烟。"然后有滋有味地消灭一根中南海。

"上床。"——第四句。

乐意效劳。

"感情不就是你情我愿,最好爱恨确定两不相欠。"音响里的莫文蔚唱道,"阴天,在不开灯的房间,当所有思绪都一点一点沉淀。"

我俩又接连做了三次,各种花式都尝试了遍。一直做到头昏脑涨,兄弟发痛,短时间内无法坚挺才肯罢休。把存了蛮久的小蝌蚪全部放光。

赤条条躺在床上抽中南海,她把烟喷往我肚脐以下的部位。

怀里多了具温热的躯体,空虚感却并未因此平复多少。我问了个早该问的问题:"你是谁?"

她笑,笑起来特别像猫。但严格来讲猫是不会笑的。科比笑起来也像猫,还是那种经常出现在卡通片里磨尖牙齿指甲准备大快朵颐的猫。顺便提一句,我是动画设计师,职业敏感。

"从前有个女人,得了癌症,无药可治。"她把尚余半截的烟掐灭在洛可可风格的宝蓝色钢玻烟灰缸里。那烟灰缸同样是前妻留下的痕迹。

"无药可治,理解吧? 就是注定等死。"陌生女人摸摸鼻尖,仿佛调整鼻子上翘的幅度。前妻也爱做这动作。

我点头,答非所问。不过人这一生谁又不是注定等死嘛?

"但是她不愿这么孤孤单单的死掉,所以每个月就会换一个男朋友。和她在三十天的时间里尽可能的相爱做爱享受生活。赶在死之前做不动的时候狠狠撒野。理解?"她挑眼看着我。

"你……就是那个女人?"

她点头。

我沉默,低头看她脚。淡粉色的指甲盖,脚趾胖乎乎,像极了新生的蝉虫。

"等等,你开玩笑,差点被你骗了,那是电影。"我恍然醒悟,"《甜蜜十一月》,男女主角分别是基努·李维斯和查理兹·塞隆。"

她再度浮现加菲猫似的笑容,抽出支烟含嘴里点上。深吸一口,用鼻孔排遣。"不妨想象,我们是同一艘客船上的乘客。由于遇险失事,客船即将沉进大海……"

"这回是《泰坦尼克》?"我打断。

"换个温暖的海域,白天,天气晴朗万里无云,海上当然没什么云,是吧?"她征求我意见似的问。

我找出两罐啤酒,最近习惯喝些酒睡觉。床头柜里总会塞进一点。启开拉环,浅啜一口,酒不合心意的温吞。

女人继续讲道:"我俩抱着同一块木板在海里漂浮,天南地北地吹。聊各自的爱人、家庭、兴趣、工作,然后相互坦陈性生活质量和态度。你说DIY的感觉比性交好……"

"没有。"我否认。

"听着,别打岔。我问为什么,你说是由于你的老婆。你老婆对性的态度比较传统,和你做爱总是勉强迁就,每次都不能尽兴。你出于对婚姻的忠贞当然不会出轨,所以不如自己 DIY 来得爽快咯。

"'这和玩 I-PAD、PS4 是一回事,纯属个人娱乐。'"你对我解释道。

"我说瞎扯。'这其实是你的问题。你没有顾及过老婆的感受,你只是一味站在自己的立场考虑问题。你以为了解老婆,可了解的仅是你想要了解的情况。生活中很多事情好比平静海面下的暗流,看似波澜不惊的生活掩盖了应该解决却没有解决的问题,长久积蓄的矛盾便会在某一天猝不可防的爆发。就像你看我,露出海面的部分是女人,可实际上喃?'

"于是我让你把手放到我身下。你的脸色立马大变,动画片里吃了毒蘑菇的表情。"

"该不会你是男的?"

她娇俏一笑。

"又瞎编吧。"我觑眼她绒毛蓬松的私处。

"当然咯,只是个故事。不过很多事情都像漂浮海面的物体,只看到露出来的一点……"她手放胸前,"就单方面认为没露出的部分也理所当然。"

沉默三秒。

"那么,你究竟是什么人?"绕了半天,我依旧一头雾水。拿起啤酒,倒进喉管。

她忽然翻身,跪坐在我身前。

"还没看出来?我是你老婆。"

我把啤酒喷了出来,喷在她脸上,换来她的一记耳光。

头更大了。大得足以和科比手中的篮球媲美。

4

"我就是你老婆。"陌生女人半认真半轻松的说。

"一只乌鸦飞过,后面跟一大串省略号。"

"什么意思?"

"漫画里表示尴尬、无语、困惑时,常出现的画面。"

"不信?"

"废话!你哪里像我老婆?我老婆是短发,你是长发。我老婆没你丰满她是骨感。抛开外貌,我老婆没你这么……"

"这么什么?"

我抿嘴唇,直愣愣的盯视她美妙的胴体:"风情万种,千古流芳,一树梨花压海棠。"

"当然不是指外貌。我是指心灵的内核。我心灵的内核是你老婆,或者准确地讲……你老婆的心灵寄居在我的身体当中。"

乌鸦再次飞过,还"噶呀、噶呀"地叫。

"肚子饿了,有吃的吧?说来话长边吃边聊。"她起身,拉开衣柜,找出老婆的一件深绿色连衣裙,就这么赤条条地套上。

我叫了外卖。二十分钟后,店员送上四菜一汤。

"简单介绍下我自己。"女人吃得甚为快意。

原来她是师范大学四年级的学生,主修教育心理学。如果有什么特殊,那便是学生之外她还有一个身份——俗称妓女,雅称小姐,官方说法是"失足妇女"。

妓女,girlie,和律师同为世界上最古老的职业。回想代理前妻办理离婚手续、一副性冷淡面孔的那位律师,眼前的姑娘多么可爱啊。

自称乐乐的妙龄女人家境殷实,和父母关系也称得上融洽。何以去做失足妇女,原来有一段足可编成剧本搬上银幕的狗血爱情故事。她是西昌人,父母俱为企事业单位员工,在家属大院里长大。有一位青梅竹马的邻家男孩,男孩是中俄混血儿。俩人从出生开始直到大学都生活在一起,相处时间甚至超过彼此父母。随年龄的增长,恋情自然而然的发生。小学六年级时有了初吻,十六岁有了初夜。乐乐满以为他俩会如此合情合理的继续发展,等到大学毕业便结婚建立家庭。可惜男孩读完大一后选择留学去了法国,攻读室内设计。又于半年以后突然提出分手,在电话里仅用十九秒便结束了俩人十九年的感情。他爱上了同是留学法国的台湾姑娘,仅仅认识三天即陷入热恋。一个月后结婚。电话是从台北打来的,新娘的家,这天他俩举办婚礼。十九年的感情浓缩成十九秒只有简单直接的三句话:

对不起,我爱上了别的女孩。我俩缘分已尽,不用再联系了。好好保重,祝你幸福。

对不起,为啥满世界的人都爱用这般草率的三个字来推脱责任?

和所有狗血偶像剧言情片看到的故事一样,乐乐割腕自杀。所幸发现及时抢救了回来。休学一年,父母将她送去了疗养院,休假式治疗。乐乐逐渐明白,大概有些事情早已由天注定,不属于自己的人终究留不住。既然爱情叫人如此痛苦虐心,不如干脆潇潇洒洒放浪形骸。

想明白之后——或者很难说是想明白,总之人人选择方式不同吧。复学后,以一月换一个男友的频率享受生活。中国人、外国人,甚至女人全都睡过。而后,在某家背景颇厚的夜店操起了皮肉生意。

接下来的故事难免离奇,牵扯到了我前妻,魔幻惊悚无从估计,难料形势,晕眩沉沦。

"你老婆进入了我的体内,相应的,我身体里某种东西也钻进她的身体。"

巨大的 B52 轰炸机从我头顶呼啸而过。

5

"你说我老婆在你体内?"我从冰箱里拿出两罐冻得能够浇熄火焰山的可乐,兀自一次性喝完。打个嗝,焦躁感有些许缓解。

"准确讲是你老婆的心灵进入了我的体内,从而将我带进她的精神世界。我像看电影一样了解了她的一切,包括潜意识。"

乐乐启开拉环,出声呷口可乐。

"而我的心灵也进入你的老婆体内。大胆假设,我俩换了位。虽然思想还是自己的,但是互换了人格,分享着对方的记忆、情绪。能理解?"

我点头,又摇头。

"这么说你是循着我老婆的记忆来到我家的,对我也了若指掌,就像我老婆了解我一样?"

"Right。"她打响指。这是我前妻的习惯。

突然由心底涌出哀伤,如同泉水从石头的缝隙汩汩流淌而出一样。

"怎么进入的?"

"瞬间的灵魂接触。"乐乐摸摸鼻尖,把头发往上束——那同样是前妻的习惯性动作。"想听?"

当然。

从其讲述得知,前妻与她相识于今年情人节。那天原本和前妻约好到宽窄巷子新开不久的餐厅吃晚饭。可是我临时被通知要加班,必须赶在明天上午十点之前做好《火影忍者》最新一集的宣传传给上海。这是真的,日本动画片几乎有一半是在中国加工的。除了加班别无他法,只好打电话给她,改时间再去那家餐厅。

"对不起,确实走不开。"我说。

电话那边她沉默了许久。

"怎么能这样,偏偏挑这个时候加班。"她埋怨。

"我也没办法,又不是我想加班。"

"有很重要的事找你商量的。"

"什么事?现在说不行吗?"

"不行。要么你过来今晚告诉你,要么就永远不要想知道了。"她倔脾气发作了。

坦白的讲,我对她九分满意,差的这一分就是这发作起来便不管不顾蛮不讲理的倔脾气。对付她的通常手段便是沉默,懒得和她多费唇舌。一个巴掌拍不响,一个人的架自然也吵不起来。

"好了,明天赔罪,对不起咯老婆,乖哦。"说完,我挂断电话,手机调至静音,投入工作中。

回到家已是凌晨四点半。她躺床上背对着我,不知是真睡还是装睡。身上有些威士忌的气味,看来喝了酒。我不想打搅她,拉开衣柜拿了被子睡客厅沙发。天亮起床后,对昨天的事达成默契般只字未提。她要和我商量的那件事也就成了未解之谜。

到底是什么事喃?

"我在酒吧遇见了你老婆。"乐乐说,"那晚我红休,坐吧台上百无聊赖的喝酒,身边围了一波又一波搭讪的男人。心情低落,谁都不想搭理。因为我想起了我那青梅竹马的男朋友,四年前他就是在情人节前夕结的婚,而我就是在这天夜里割的腕。一年三百六十五天,我最不愿过的就是二月十四号。我不停地喝酒,想把自己灌醉,却老是喝不醉。围在身边的无聊男人们倒是吐得七荤八素。

"正当我想换家清净点的酒吧接着喝酒时,你老婆走了进来。直端端坐我身旁,招呼酒保来一杯威士忌。啥也没对,直接灌下。手拄台面托着头,用一种虚弱无力、却又决非简单求助的眼神看着我。我立马通上了电,明白她眼神的含义,和她对喝起来。

"人生不如意事十之八九,能与人说者不过二三。你老婆有种坦然的魅力,愿意向人交心,也能让人放下戒备打开心扉。我们聊了很多,各自的经历、心绪,大大方方和盘托出。酒越喝越多,话题也越来越肆无忌惮。

"'和毫无感情的男人做,到底是种什么感觉喃?'她问我。

"'没什么特别的感觉啊。'我说,'性这东西,无非是种生理需要罢了。完全没必要背负什么道德的枷锁。尽情享受它给你的乐趣就是。'

015

"'我嘛,说来好笑……'她意味模糊,或者仅仅只是酒喝多了迷离傻笑,'我只和我老公做过,是不是挺传统?'

"'无所谓啊,每个人的生活方式不一样嘛。你很爱他?'

"她点头,痴痴地笑。'我爱他肯定比他爱我多。'

"'哦。'

"'本来今天约好一起吃晚饭的,可惜他要加班,吹了。他把工作看得比我重要。'

"我点起一支烟,她也要了一支。我为她点燃,她深吸一口,却呛得咳嗽。看来平时不抽烟。对吧?"

我默然点头。前妻确实不大抽烟。我俩并肩坐沙发看英超转播时,她偶尔会从我嘴里玩笑似的夺过烟来抽上一两小口。

"'本来是有很重要的事告诉他的。'你老婆说。"乐乐接着讲道,"她怀孕了。""怀孕了?"我惊讶。

"对。想和你商量来着,到底是把孩子生下来,还是做掉。"

"为什么不和我说?我根本就不知道有这事。我还以为我们避孕做得很好……"

"你老婆很犹豫。结婚第五年,第一次怀上孩子,心情可以理解。你的事业刚刚起步,她又才开始新的工作。工作强度这么大,还要还房贷,养小孩更不是一件容易的事。而且,你老婆很担心……"

我深叹口气:"什么?"

"担心会失去你。"

"为什么这么想?"

"她的直觉。感觉你迟早有一天会不再爱她。当然,你似乎一直都很关心呵护她。可是这种关心全都是从你自己的角度出发,仅停留在表面的举动。"

"不理解。"

"就像我讲的大海漂浮者的故事。你只是做了露出海面的那一部分的事,而忽略了海面以下的部分。所谓沟通也都是停留在表层的沟通,你没有向你老婆打开过内心,你还偷偷和以前的女友保持着联系,搞点小暧昧,对吧?"

我哑然。

"她爱你,爱你们的小家庭,所以她不想戳穿你,宁愿自己忍着,只要不触碰她的底线。你并不了解她,以为她只是个不懂事的任性小女孩,其实她比你想象的宽容。"

我无语,从纸巾盒里抽出两张纸,却又找不到具体东西擦拭。揉成一团,投篮似的朝垃圾桶扔。纸团弹在边框死气沉沉落在地板上。

"她哭了起来,趴在台面上抽泣。我递纸巾给她,她轻轻抹眼泪。

"'失态了。'她勉强的笑,不厌其烦的用细长手指拨开粘脸颊上的头发。

"'孩子的事怎么办?想通了?'我问。

"'拿掉。'

"'不和老公商量?'

"'不了。'

"我俩交换目光,默契一笑。就在那笑的瞬间,奇怪的事情发生了。我突然感觉自己像被什么外力抽离,以眼睛为出口,抽离出灵魂进入面前的她的身体里。与此同时,你老婆也有这种反应——我俩的心灵发生了互换。过程不到百分之一秒,我却感觉是一个世纪般的漫长。脑海里顿时放映电影般闪现出你俩爱情、婚姻生活的一幕一幕。我切身感受到了她的快乐、痛苦、愿望与绝望。相应的,你老婆也在感受着我的一切。我俩不约而同流出泪来,止也止不住,任眼泪崩溃般流淌。也不知过了多长时间才逐渐平复。

"'好好保重。'她收干眼泪说。

"'好好保重。'我回应。相继离开酒吧,朝各自的方向走去。

"此后,每当我和别的男人上床,脑海里就会浮现你老婆对你的爱。你们生活的点滴总会不期然从大脑某个皮层、某道褶皱里钻出。我开始拒绝和素不相识、毫无感情的男人睡觉,心理和生理都在拒绝。每当属于你老婆的记忆钻出脑海时,我便随其心情波动。时而高兴得流泪,时而悲伤地笑。她对你、对家庭的爱强烈感染着我,不光是在梦里,乃至清醒的时候,我的精神也会沉浸在这间平淡温馨的小屋里,借着你老婆的心灵,感受曾经有过、一度失去、现在又逐渐回复的爱。

"我逐步厌倦、抛弃了放浪的生活,对爱的渴望随你老婆的心灵记忆一天天变得强烈。直到今天,我再也不能控制自己,循着心灵的指引,来到你家,来到你身边。"

乐乐站起身,用小女孩看见了失而复得的心爱玩具熊的眼神深凝着我,嘴唇裂开一道缝,似乎想说些什么,却终究未能成言。走上前抱住我,双手绕我脖颈轻轻围拢。

"爱我,好吗?"她呢喃耳语。

我回拥她,脑袋不带重量的放她肩头,看着窗外又下起的雨,思念身体里寄居着乐乐心灵的前妻。

你在哪里?

你在哪里?

我抱着她的心灵,一遍一遍呼唤着她的身体……

别处之路

安娜与青青 1. 安娜视角

爆乳小娇娘青青有张令人艳羡的面孔。

天生网红脸,皮肤白皙嫩滑,拍照自带美颜功能。杏眼明眸英气逼人,高挺鼻梁像个混血儿。嘴唇饱满娇艳欲滴,出镜化妆品广告纯属大材小用。且不说那对衣衫关不住的荷尔蒙ICON,仅是一头红棕色长卷发及幅度曼妙的腰身臀线,已将所有的欲望悉数尽收。

小方脸柳叶眼长相平平胸亦波澜不惊的我完全是为了陪衬她而存在。

但她经常感叹,垂涎我一米七出头的身高与细直长腿。

这或许是我在她面前仅有的一丝骄傲。

"安娜,我好羡慕你。"泡浴缸时那头的青青说,"你不觉得你气质很像杜鹃?"

如果一个女人不漂亮,最好夸她有气质。

对于青青的老生常谈,我通常用"杜鹃是什么?可以吃吗?"来回应,然后看她不厌其烦咯咯地笑。那对豪乳随之上下起伏左右晃动,激起水花一片。再低头看自己,哇,胸不平何以平天下?

我与青青同岁,高中同学。考同一所大学从西宁来到成都,并同一间寝室。毕业后理所当然地租住一起,留在这个城市发展。长久相伴,衍生出爱好相同,口味相同,品位相同。所以不幸的是,找男人眼光也相同。

她男朋友已婚,有子。她公司的部门总监。

我男朋友已婚,有女。我公司合作企业的总经理。

她男朋友大她八岁。

我男朋友大我十三岁。

操。

不过命运女神始终更垂青胸大的女人。

好歹青青的男友和其妻已私下协议离婚,只是为了取得亲骨肉的抚养权,苦撑到小孩满两岁。或许再等一等,小三的日子便可熬出头。何况,青青与他建立恋爱关系时,压根不知道男方已婚。因此小三的头衔浪得虚名罢了。

我就是货真价实小三了。知道已婚男人是老虎,却偏向虎山行。更悲摧的是,他根本就没打算和我名副其实在一起。我只是他的情人,床伴,炮友。他不可能离开他的妻子,准确而言,不可能离开他妻子的家庭。凤凰男娶富家妻,你一定没少听过这故事。

傻了吧唧的小年轻,错爱痴恋了不该沉沦的人。

我活该。

或许命有此劫,遇到了这个灾星。

他是我躲不掉的债,难逃的癌。

每当我下定决心离他远去,总是被他死缠滥打挽回。

没有遥不可及的誓言,甚至不需要甜言蜜语。他总有办法找到我,我怀疑命运的绳索已将我俩打了死结。他贪婪粗鲁地抱紧我,吻我,湿润我。我融化进他的炽烈中。

然后往复。

没有一点改变。

像望不到头的寂寥边缘。空虚如无尽沙漠般扩散、扩散。我宛如吸毒,知道这东西要命,不吸却会死,立马死。

青青同样痛苦。

虽然男友承诺,再等最多一年。但他仍然和妻儿同一屋檐下。

他是别人的老公,不是她的孩子的爸爸。

他们拍一家三口亲子照,他带老婆孩子去旅行,他把白天给工作,夜晚给嘴上说离婚实际上却看不到破碎痕迹的家。

每当青青想他的时候,他会在酒店陪青青三个小时。

这他妈是爱吗?

"只要我爱他,就是爱。"青青执拗着倔强。

寂寞男人穿丝袜,寂寞女人打DOTA。

傻女,我们都一样。

只拥有二分之一的幸福。

自以为是的幸福。

杰与阿柳 1. 杰视角

阿柳打来电话时,我正与女友吵架。

手机铃声《自杀小队》插曲"Sucker For Pain"颇为应景响起,俨然中场休息的讯号。

我滑动屏幕接起。

"出来喝酒。"电话那头的阿柳情绪同样不好。

"你开了天眼哦,"我觑眼怒气冲冲的女友,"我这边正在打雷下雨。"

"那就赶紧出来躲雨。"

"你敢出门试试?"女友听到了阿柳的邀约。

"等下联系你。"我挂断电话,将手机揣进裤兜。套上丢沙发的皮衣,拍拍左胸,确认钱包在内袋。往门走,从鞋柜里拿出不用系带不穿袜子也可以大方出街的豆豆鞋。

"你今天敢出门就不要回来。"

我微笑向她挥手说再见,轻轻关上门。

小学时便认识了阿柳。那时我们交流并不多,直到后来初中同班才玩在一起。

打篮球,粉后街男孩,泡游戏机厅,追女生,挑架,抽烟,喝酒……一路走来,彼此见证对方的成长,或者堕落。

大学快毕业时,不同校的我俩同时喜欢上另一所学校的女孩。

朋友聚会上认识,女孩除了个子不高,哪里都好。笑起来嘴角荡漾两个大梨窝,左边俘获我,右边网住他。

女孩同样心仪我们两人。

我挺拔体健,一米八一,当年清瘦淡雅玉面,而今已成胡子拉碴的糙汉。虽然外貌中等小眼无神,但幽默健谈。

阿柳人帅公狗腰,篮球场上的拉杆小王子,拷贝了梁朝伟的电眼与身高。气质忧郁且闷骚,颇能刺激女人的母性分泌。

我们约定,彼此同步,公平追求。分享战况,夺妻无怨,还是兄弟。

于是女孩的休息日被我和阿柳分别占据。

今天他带她去看电影,明天我便约她去溜冰。

今天我请她吃火锅,明天他就领她吃牛排。

今天他送了一双鞋,明天我会买个包。

终于,我早于阿柳带她去开房。激扬的荷尔蒙喷薄迸发时,女孩却叫停。

"对不起,杰,我还不清楚到底选择谁。"她双手交叠胸前,紧紧护住滑落的内衣,"能不能再给我点时间?"

房都开了裤子也脱了你给我说等一等?

用我膨胀坚挺的器官发誓,如果让她犹豫的人不是阿柳,哪怕强来我都会把她吃掉。

我亲吻她的额头,假装绅士:"好吧,我等你。"

去洗手间自我放逐纯洁身心后,抱着她睡了一夜。

当我轻描淡写给阿柳讲这段柳下惠的约会时,阿柳原地爆炸。

"日你妈,你算个球的兄弟!"

他咬下嘴唇,眼眶泛泪。

这一刻起,我决定退出。他对她的情,比我深,比我想象得更深。

后来他给我分享了两个战况:1. 在一起,2. 分手。间隔刚好一个月,还是三十天小月。

我没问分手的原因,如同我不关心他俩在一起时做了些什么。我并非不喜欢那个女孩,我也为自己的退出买过醉。但相较阿柳的用情,少了半分深切。或许正因为竞争对手是阿柳才会如此吧。

陪他喝完失恋酒后,我俩足足用了两年时间才回到同追一个女孩前的心无罅隙。

又过了四年,他结婚了。奉子成婚。

对方是个九零年的妹子,比我俩小四岁。

我当伴郎,婚礼上认识了当伴娘的现女友。

他走进了爱情的坟墓。

我开始了痛并快乐的相爱相杀。

"结婚前她根本不是这个样子。"

"嗯,刚耍朋友的时候,她好温柔。你看现在。"

伴着落日,我俩吃着烤肉,对饮三十来度的炭烧酒,相互倾吐胸中郁结。

"你还好,不爽可以分手。我就不行了,娃儿才四岁,离婚的话,要么缺妈,要么少爸,娃儿造孽。"

"好个球,我们房子买了,各出一半的钱。装修,家具家电,乱七八糟的弄好才搬进去不到一个月,跟到又要准备结婚。现在分手,代价太大了。"我喝口闷酒。

"你被房子绑架了哦?"他吃口烦肉。

"我倒无所谓,关键是我妈。我妈希望我早点稳定,好不容易把家安了,就不要为了一点鸡毛蒜皮事吵架。我现在要是分手,我妈要啰嗦死我,恐怕病都要被气出来。"

"是嘛,能忍就忍。过日子,将错就错,你让到她,她让到你。她不让你,你就让她嘛。"

"那么懂,你咋闹得想离婚喃?说别人一板一眼,换到自己身上,就搞不定了。"我端起酒轻点桌面。"来,喝起。"

酒过三巡,我俩均已半醉。

"这国庆你咋打算?"

"毛的打算,和婆娘回她妈屋头。"

阿柳老婆的娘家在温江区。

"你喃?"

"说半天,就是因为这个事情闹。"我倒完最后一点酒,不打算再要了。必须保持清醒回家。若是在外留宿,只会让争吵变得更糟。

"咋了嘛?"

"她想去韩国耍。我说不早点定,要放假了才想东想西的。现在酒店机票啥都贵,这还要买车,就在省内找个地方算了。然后她就说我没得计划,这些事情该男人定,和我生活无聊。"

"你们吵架的内容有点高级哦。"

"其实我也理解她,上半年我工作忙球得很,装修这些事差不多都是她一个人弄的,是该带人家好好耍哈慰劳下。"

"对了嘛,你这样想就消气了。过日子,相互体谅嘛。不要搞得彼此在对方身上创造悬崖,展现地狱。"

"你龟儿,讲起道理来一套一套的。咋不照到镜子对自己说这个话喃?"

他皮肤已从脸红到了脚趾:"我婆娘比你女朋友麻烦得多,算了,不说了,说多了都是泪。你早点滚回去跪键盘。"

回家后,女友已雨过天晴。她和阿柳的老婆,以及另外两个闺蜜,订好了去香港的旅程。不过,没有考虑我及阿柳。

言下之意,这个国庆大假,两个寡男人自己安排。

这他妈实在太美妙了。

安娜与青青 2. 安娜视角

才拿到驾照不足两月的青青,从她表姐那里借来了一辆深红色铃木吉姆尼。

车龄五年,但里程数并不高。内涝时在地下车库泡过水,修理之后便趴车位积灰。

"漂亮吧?"拿到车后,青青将其内外清洁如新。

"漂亮归漂亮,不过这泡过水的车没有问题吗?"我敲引擎盖,然而我并不懂车,连驾照亦未拿到。

"大毛病应该没有,小毛病倒是有几个。我表姐换新车后基本没碰它。人家老公给她换了辆奔驰 SUV。"青青靠驾驶位的车门,"我给她说,拿到驾照想练练手,她就给我咯。"

"好啊,溜一圈呗。一会儿我也试试。"

"要溜就溜远点。你大假安排定了吗?"

"还没。你啥时候去玩?"

"要不我俩自驾游吧。"

我些许意外,因为前几天便听她甜蜜蜜地念叨,男友要带她去普吉岛。而我男友,此时应该已经带着妻女坐上飞加拿大的客机了吧。

"行啊,去哪?"我问。

"若尔盖。"她轻咬右手食指,媚笑盈盈。

"我操,跑那么远。"

"四百多公里,没多少距离吧?"

"大姐,你才拿到驾照诶。"

"有关系吗?"

"我不想把身家性命寄托给菜鸟。"

她发嗲,每当我们因为一个问题争论不休时,她便用发嗲来必杀。因为我总会让着她。但明明她比我年长一个半月。

"好吧,你慢点开。"

她比出胜利的手势。

"其实吧,我还有个想法。"青青大眼向上翻,看着上空斜45°的什么地方。我知道,她脑袋里开始梵高马蒂斯胡安米罗了。

"讲。"

"咱们来一场艳遇之旅吧。"

"啥?"

"一路走来一路浪啊。"青青笑得宛如收下了全校男生送她的巧克力,"只准他们男的三妻四妾,不准我们女的在外撩汉勾男吗?"

"滚。"我表面不屑,心已慌慌。是啊,凭什么我们女人就该被脚踏两条船?

青青读懂:"那就好好把自己打扮下,准备我们的艳遇之旅。"

杰与阿柳 2. 杰视角

九月三十日大清早,阿柳当司机,送四位女神去机场。他孩子假期跟着爷爷奶奶过。我俩短暂回归曾经的单身青年好时光。

计划骑游若尔盖,我近两年未谋面的堂哥在那里经营了家客栈。

阿柳本想蹬自行车,我否决。

"你那个干稀儿身体,以为还是二十出头的小伙子嗦。蹬自行车,翻高原,肺给你狗日的蹬炸。"

"你给方案。"

"骑摩托哇。"

有本书,《万里任禅游》。讲述美国一对父子,骑着哈雷穿越66号公路。我颇为神往。加之自己有辆墨绿色鑫源400CC棍王,此前便鼓动过女友上路。但她以骑摩托车不安全,日晒雨淋风大伤皮肤为由拒绝。

"我没得摩托,而且没骑过。"

"借个踏板车,扭油门就跑,和骑电动车一样。"

于是我帮阿柳找了辆国产125CC仿雅马哈劲战。

"吃喝嫖赌抽都准备好了哇?"我戴上头盔。

"废话。"

"狗、狗、狗(go go go)。"

我们发动机车,朝目的地若尔盖奔去。

安娜与青青 3. 安娜视角

大假期间的高速路是条吞下一百头牛美滋滋晒着太阳消化回味的巨蟒。

吉姆尼像羞涩的表白,吞吞吐吐走走停停。喜的是自动挡,油门—刹车,刹车—油门,绑根骨头在方向盘上,狗都会开。否则我真怕繁密车流中,青青一不小心追尾,旅程便提前报销。

三个小时后,我们好歹来到映秀,距那场惨烈的地震已经过了八年,无论震源地的映秀,抑或广为人知的汶川,都如全身整形般焕发新生。被自然鬼斧削平的半壁山,是术后看得见的永痛。而内心的苍凉,唯愿被今日的繁华安抚进沉眠的时光。

我们缓行慢驶,挑了个门口停了两辆摩托车的羌寨风饭馆消磨午饭。我挺喜欢摩托车,遗憾尚未骑过。

青青点了老腊肉、凉拌核桃花、辣血肠、南瓜汤,都是老板推荐的特色菜。

等菜间隙,我俩不忘主题,打望店内的帅哥。大多是男男女女拖家带口的食客,难得两个拿摩托车头盔的和我俩一样,同性朋友组队出行。当然,他俩是情侣也说不定。

我们菜上齐时,二人已吃完结账。临出门,穿酒红色皮衣的高个子男人回头望我一眼,正好四目相投。我迅速将目光移给青青,斜眼角似乎留下他歪嘴笑的余影。

埋头吃饭,别多想。

"哎,你不觉得那个矮一点的很像梁朝伟?"

"吃饭吧,花痴。你要老想着泡帅哥,看谁都是梁朝伟。"

我用力嚼老腊肉,男友的身影从脑海里不期然跳出,随后被摩托车的轰鸣声震碎。

杰与阿柳 3. 杰视角

映秀至汶川的路特别难走,高速路高峰期限时段通行,震后交通尚未完全恢复。三辆挂着豫A牌照的宝马KTM摩托车骑手朝我们将去的方向迎面驶来,说前方老国道被昨晚滑坡砸断,正在清障,走不了。

"没得其他路了哇?"我操普通话询问。俗话说天不怕地不怕,就怕四川人说普通话。虽然我不喜欢川普,但说得一口好川普。

"不知道,我们打算等放行了走高速。"

麻烦,我们原计划今天赶到松潘休息一晚,如果等高速放行,恐怕得先住汶川。

向当地人询问,答复倒是有条老路可走,但年久失修,加之前几日暴雨,路况不好。

谢过后,朝他指的方向驶去。

路况一如所言般糟糕,羊肠小道,泥泞积水。棍王车身高,通过不难。仿劲战的车身低,蹚水易熄火,只得尽量靠边,以脚为支撑及辅助动力,泡进水里,缓慢前行。

最大的障碍是条黑得纯粹毫不见光的废弃隧道。心障。鬼知道内里有什么暗坑凶险。我俩硬着头皮,车灯全开,谨慎驾驶。浓黑寂静的空间里,时间像腻子膏般滞重膨胀开来,一秒被拉成了十二等分。没有言语,只有引擎和排气管工作的轰鸣声。黑暗在我们周遭建起一座厚重的空气墙,阻隔了彼此的联系。怀疑片刻之后再见光时已穿越回了某一个朝代。因此我拿出甩棍,以备突然冒出来的狼。

"为啥你觉得是狼?"阿柳揭开头盔的面罩。

"也有可能是抢钱的。"

"为啥子不会是美女?比如刚才吃饭时候进来的那两个?"

"嗯,好想法。"我解封般用力挥棍,甩棍与我脑中搭建的舞台携手伸长至半米,"美女在这个洞头穿起丝袜高跟鞋等我们,还有张粉色的暧昧得不要不要的十平米大床。背景音乐是'东热'的片头曲……"

"'东热'有片头曲?"

"有,哪个喊你每次看片都直接快进到高潮部分?日本成人片还是很用心的在制作。"我舔上嘴唇,继续描绘活色生香,"我们四个人在床上滚啊滚,洞里响起我们的战斗声,巴适哇?"

他吹声兴致盎然的口哨,然后洞口看见光了。

"矮个子的美女让我想起阿婵。粉色的 JANE SPORT 背包,你晓得的,她也有一个。"

我干咳一声,将甩棍收回摩托车旅行袋里,没有延续他的感触。

回忆对比阿婵与那矮个子美女的长相,阿婵莞尔时的大梨窝忽闪眼前,如洞口的光一般刺眼。

安娜与青青 4. 安娜视角

汶川的夜色温润如茶,净润无风,一切都是新的。虽然老汶川我并没有去过。但城市的肌理,正如人的皱纹,是能触摸清晰可见。此时此刻漫步街头寻找老汶川的影子,恰如刻意在整容女脸上寻找旧日的痕迹。有种并无多少值得玩味的乐趣。

倒是夜市灯火琉璃,小吃小物琳琅,胀得眼睛与肚子美好又满足。我和青青从街头吃到巷尾,保暖便思淫欲。于是她建议,微信撩骚男,酒吧泡帅哥。

"我×,大姐,你在排卵期吗?这么饥渴。"

"别×我,×男人去。"青青笑,"我包里有套子,螺纹的,可舒服了。"

我和男友做,几乎不用套,他不喜欢。他说用套的话,会有错觉是在和一个塑料袋做爱。除开安全期,我们都是体外射精避孕。我知道这并非万全,还好相处一年多,至今未出现过紧急状况。他内射的时候,那份炙热的真实感,我甚至希望能发生意外,或许我怀上他的孩子后,一定要是男孩,我俩的感情会有质的改变。再渺茫的希望也要有,哪怕只是妄想。它是黑暗大海上空的星,照亮迷航人混沌冰凉的心。

然而汶川街头并没有多少酒吧,帅哥亦是别人家的帅哥。走了一圈,青青貌似些许失落,我倒无所谓。本就对没头没脑的搭讪艳遇不报期待,微信、MOMO 约炮亦无此嗜好。我俩皆非随便的人,即便酒喝大了,也不会随地大小便。嘴上闹得凶而已。

"回了呗。大不了我今晚让你宠幸咯。"

青青咯咯的笑,挽住我手:"好,老娘今晚宠幸得你失禁。"

"你拿什么来宠幸啊。"我捏把她胸后迅速跑开。她叫嚷着今晚非奸了我不可来追我。两个傻女,打闹嬉笑陌生城市熙攘街头。

我俩在一间外表无甚特别的小酒吧前停下,因为内里的喧闹。那是斗酒的声音。酒客们一面敲着桌子,一面随之有节律的叫嚷着"喝、喝、喝"。

"看看呗。"青青挽着我往酒吧走。拨开珠串的门帘,视线自然而然被引发高潮的人聚焦。一男一女正单挑着。各自面前一打小青岛,谁先喝完谁就赢。男人我有印象,是中午饭馆里的那个摩托车骑手。青青亦看到了她所谓的"梁朝伟"。

酒客们炸起高潮的欢腾声,男人赢了。

留着嘻哈脏辫戴大耳环的浓妆女人休整片刻,手伸进自己上衣里,一阵捣鼓,从领口处拉出黑色的胸罩丢给男人。

我操,战利品吗?玩得真嗨。

附男人耳短暂言语后,酒客们的声浪中,脏辫浓妆女人与其同性朋友踏出酒吧。

女人刚走,男人捂住嘴,抓起一包纸跑向厕所。战利品呆然垂吊吧台,像只用过后的避孕套。

"无聊。"尽管嘴上这么讲,可我还是忍不住笑,"走咯,戏看完了。"

"你说如果男人输了,会脱什么给女人?"出酒吧后,青青一面走一面玩着她带帽卫衣的松紧绳。

"内裤咯。"我随口一说。

"你会稀罕男人的内裤?"

言之有理。"不会。"

"所以我猜男人输的话应该是给钱。"

"那更无聊。"我皱眉,"女人输了给胸罩,男人输了给钱。情色交易吗?"

"现实不就这样嘛。"

我觑眼青青挽着我的手,那颗她男友送的祖母绿宝石戒指,闪烁着似有似无的幽光。

031

喉间忽然结了层薄冰,把我想说的什么硬生生抵了回去。

"其实男人输身体也是可以的。"

"啥?"

青青娇俏一笑:"男人输了,就让女人睡。戴上套子,用女上位。不管男人交没交子弹,反正女人爽了就停下。然后男人穿好衣服裤子滚出房间。"

"好,你脑洞大,口味重。"我不禁浮想青青描述的画面。

"是嘛是嘛。对了,用女上位更容易高潮,你试过吗?"

"停止这个话题,不然今晚真要出事了。"

"说清楚,是出事还是出轨?"

"我把你睡了算不算出轨?"

"我们不是早就打算出轨吗?"她忽然袭击我的三角区。

于是两个女孩的嬉笑追逐戏再次上演汶川街头。

杰与阿柳 4. 杰视角

胃胀气。不断从喉管涌出酸水。必须一吐为快。

啤酒喝猛了便是这样。

所以我偏爱小口吞咽的威士忌。

洗把冷水脸,清醒如前。脏辫女人的印象如镜中我的头发般凌乱。就着双手未干的水,将其梳理整齐后回吧台。

"你龟儿,没得事嘛。"

"吐出气就好了。"我抹掉脸上的水珠,"走了。"

"刚才那个美女给你说啥子?"

"她住的酒店和房间号。"

"你娃可以哦,这么快就把个妹。我晚上独守空房了哇?"

"不想去。"大概吧。

"为啥?"

"我喝多了阳痿。"有可能。

"爬爬爬,你不要我要,把房间号给我。"

"没听清,忘了。"宏发大酒店,419号房。不会记错。

"装,继续装。"阿柳将女人的内衣搭我肩,"拿去,你的战利品。万一回去上火了,自己动手解决,不要搞得我早上起来菊花痛得拉不出屎。"

"C罩杯哦。"

人迹已稀疏的汶川街道上,我拉住内衣两端,脑补女人香幻化成粉色的烟雾,缕缕飘荡。继而越来越浓,将我与阿柳包围。粉烟幻化成一矮一高的两个美女。矮个子的缠住阿柳,高个子的挽着我。奇怪,我明明更钟意矮个子的美女,为什么来找我的是高个子?两张轮廓不清的脸凑近我俩,在耳边、颈间发出蛇吐信的丝丝声,被带着荷尔蒙气息的粉烟转译为脏辫女人的魅惑喘息:

"哈罗,交个朋友吧。"

我应该礼貌性的硬一下,却并未如期搭起帐篷。

翌日晨,马达轰鸣继续上路。那个战利品,作为到此一游的印记,刻意被遗忘的挂客房衣柜里。

青青的 solo. 青青视角

知道男友是有妇之夫、有子之父的第三十三天后,我开始出现幻视与幻听。

那天是周三,闹钟还没响,我被一把小女孩的声音唤醒。

嗨,你尝过精液的味道吗?

随即睁开眼,她像个氢气球,飘在我上空,背抵着天花板。

你是谁?我问她。在脑海里问。

我是你呀。头扎双马尾的小女孩笑。你忘了,我是十三岁的你啊。

十三岁?为什么是十三岁?

这个不重要吧。她飞下来,坐我身边。

不,那很重要。我知道的,十三岁,是我第一次对爱情有憧憬。

"我的意中人是个盖世英雄,有一天他会踩着七色祥云来娶我。"这是紫霞仙子的愿望,这是十三岁的我模糊又甜蜜的萌动。

继续刚才的问题,你尝过精液的味道吗?

为什么要问这个?但我还是如实回答她:没有。

尝尝吧。尝了后我们再来讨论这个问题。

言毕,她隐匿空气中。

四肢的僵硬感消失了。我反复睁眼、闭眼,用力呼吸,用手触摸身边能摸到的一切东西,已确认这是现实的此岸。

十三岁的我第二次出现时,是翌日中午。我在公司的茶水间煮咖啡。

你还没尝过精液的味道吗?她从墙里探出脸。

我捂住嘴跑出茶水间。正好碰到我男友。许我一个飘摇承诺,无法见光的男友。

"青青,"他拉住我胳膊,"下班后一起吃个饭。"

"不,我想请个假。"

"原因?"

"没什么,就是想请个假。"

他将我从发梢看到脚趾:"要我陪你吗?"

"不用。"

快去尝尝吧。十三岁的我出现在男友身后。我转身小跑,抓起办公桌上的包,逃出公司。

这天夜里,微信搜索附近的人,找了个看上去还NICE的男生,约酒店开房。此后,每当十三岁的我出现时,我便找陌生的男人上床。在她的引导下,和他们用各种姿势,各种性形式做爱。做完后便扔下男人逃命似的离开。

至今,已有半年。

我从未对任何人提过这些,包括安娜。

要不要又试试多人一起?十三岁的小青青忽然提议。
汶川酒店里我惊醒。钻到安娜的床上。
"怎么了?"她迷迷糊糊的问。
"做噩梦。"
"傻女。"她抱住我,轻拍我背,"睡吧。"

睡吧。小青青微笑着消失。
我的意中人是个盖世英雄,有一天他会踩着七色云彩来娶我。我只猜中了开头,可是我却猜不中这结局……

四人行 1. 上帝视角

尽管一路来安娜千叮嘱万吩咐,但青青还是出车祸了。
过川主寺,翻尔力台,山道十八弯处,擦挂了一辆摩托车。
两女孩意外受精般受惊,所幸被撞的骑手几无损伤,很快便扶起摩托车,摘掉头盔拿手里当武器,气势汹汹走到吉姆尼驾驶位车门旁。
是"梁朝伟"。安娜和青青赶忙下车道歉。
"美女,小心点嘛,万一真把我撞出啥子问题来了,下半生就要你负责了。"熟人相见,阿柳转怒为喜,脸颊涟漪似的皱纹已将青青连肉带骨折叠收纳。
驶来另一辆摩托,是杰。
"你个瓜娃子,山路还跑那么快。撞了背时,美女不要理他。"
"真的没事吗?"青青问阿柳。
"没事没事,别往心里去,刚才开你玩笑的。"阿柳切换成了普通话模式,"我们把车挪开吧,别挡后面的车。"
摩托车却出了状况。
"咋打火了捏油门轮子没转喃?"

杰检查摩托："日哦，皮带断了。"

"啥子皮带？"

"你这个踏板车，和我那个不一样。我那个用的是自行车那种钢链条，踏板车用的皮带连接齿轮转动。"

"对不起对不起，都怪我。"青青再次表达歉意。

"没得事，他自己的问题。本来就在跑山路，路窄弯大车多，又是高原。小排量油门捏到底也就四五十码的慢慢挪。他偏不信，非要骑得飞叉叉，背球时。"

两女孩忍不住笑，因为杰的川普。

"你可以说四川话的，我们听得懂。"安娜操起像模像样的本地口音，"我们两个在成都生活六年了。"

相互介绍，简单寒暄。

"你们的摩托怎么办？"青青摆弄手机，"我找找附近有没有修摩托的。"

藏羌小村落，哪里去找摩托车维修店？答案否定在风中。

"这样吧，我们找家人，给些钱，把车寄那里。到若尔盖后，找摩托车修理店的买根新皮带拿回来换上。"

"你确定那里有卖配件的？"阿柳问杰。

"听我堂哥说起过。每年成都、重庆都有几个哈雷车队来他店里，他们的摩托出了些什么问题，都到若尔盖县城里的一家店修理。"

杰依旧说着川普。两位说普通话的女孩面前，他热衷练习口语。

"既然目的地一致，那我们一起走吧。"青青建议。

男人帮求之不得，安娜稍感唐突。

"正好我开车也累了，你俩谁换我吧。"

"行啊，我老司机了。"阿柳自荐。

"瞎激动啥子，你要推车。"

"没事，干脆丢那。"

"你龟儿,车是我借的,当真话和你莫得关系嗦。"

"小家把式的,前面就有家人,车放那嘛。"

安娜走到杰的摩托车旁,拍了拍坐垫,拿起杰的头盔试着戴了戴。蓝色铆钉皮夹克,膝盖破洞的修身牛仔裤及添柏岚大黄靴的装扮,与摩托车分外搭调。

"我坐你车吧。"

男女搭配,长途不累。杰载着安娜,阿柳换青青驾驶吉姆尼,四人再次上路。

"日。"

前行不到百米,杰刹车。

"阿柳,你的摩托。"

黑色 FAKE 版劲战像小孩耍腻的玩具,孤冷在夕阳热风中。

青青与阿柳.青青视角

把"梁朝伟"吃掉吧。

第一次遇见阿柳时,小青青建议。

快去撩他。

可是安娜在啊。我用脑波与她交谈。

没关系的,她也想把高个子的吃掉。

我觑眼安娜,她正看着杰。转瞬又将目光回视到我。

"哎,你不觉得那个矮一点的很像梁朝伟?"我寻求认同似的问。

"吃饭吧,花痴。你要老想着泡帅哥,看谁都是梁朝伟。"

此时"梁朝伟"就在我左手旁开着车。没有方才那般健谈,沉默时亦有番魅力。

逗逗他吧。小青青跪坐后排,脑袋探到我和阿柳之间。

怎么逗？

你说嘛？

我脱下黑色的斯凯奇经典款球鞋，双脚踩前置物盒。翘起屁股，颇为经典的做爱姿势。同色系的袜子，脚腕外侧绣有泰迪熊。阿柳扫了一眼，看回前方。

"放心，没闻到，不信你闻闻？"

他咧嘴笑，露出因长时间吸烟而色泽略为黯淡的牙齿："抱歉抱歉，我想起以前一个朋友。"

"前女友？"

他回忆的笑些许尴尬："算是吧。"

"我和她很像？"

"感觉像吧，但长相完全不同。"

"所以你喜欢我咯。"

他居然脸红："美女嘛，谁不喜欢？"停顿两秒后，他追忆似水年华。"曾经她出过车祸，左脚背有道很长的疤痕，所以她从来都不穿露脚背的鞋子。哪怕是夏天，也会穿袜子和球鞋。你的背包，她也有一个差不多的。"

"哦，是这样啊。"我脱下袜子，左脚放他大腿。"看，白白嫩嫩的，没有什么疤痕哦。"我用脚轻拨他脐下三寸，想象他下体缓慢的膨胀。"指甲油是才做的大红色，和我皮肤很配吧。"

他脸色似一轮夕阳，片刻后沉进地平线。右手抓住我左脚，将其从敏感区域移开。

"别逗我啦美女，山路很危险的。"

我脱下右脚袜子，连同左脚的一起塞入他领口。

"喔喔喔……"他发出惊讶或许还交混几许窃喜的语声，"要不今晚一起睡啊？"

"别想多了，看在你对前女友念念不忘的情分上，送你个可以通过我去怀念她的东西。"

他用梁朝伟在雪弗兰迈锐宝广告中的那份笑回应我,简短的两个字代替了应是千言万语方能表述的心绪。

"谢谢。"

安娜与杰. 安娜视角

"你很冷美人气质。"

隔着头盔,混合摩托车排气管声,以及风,他的话音飘到耳里有着被热浪扭曲的景致般失真。

"哦。"

"平时不太爱表露感情吧。"

"不爱。"

"你说话总这么节约吗?"

"还好。"

"安娜是你的英文名?"

"不是。"

"能多说一点吗?"

"汉字的安和娜,身份证上就是这名字。"

"姓安的吗? 很少见的姓啊。"

"不少吧,安禄山,安在旭,安以轩。"

"嗯,还有安卓,安利,安倍晋三,安好便是晴天。"

我笑,当然他看不见。一来戴着头盔,二来在他身后。

"你笑了吗?"他侧脸睨视我。

"没有。"

"你不觉得安这个字挺有意思?"

"怎么个意思法?"

"宝盖头下一个女人的女字。画面感超强,像不像一个在屋檐下躲雨的女人?"

我顺着他的描述,展开一幅定格动画。那是盛夏八月,公交车站台,穿着无袖印花连衣裙的女孩,一面躲雨,一面翘首等候载她回家的巴士。巴赫 G 大调大提琴第一组曲的 BGM 随着淋漓的雨舒缓响起。
"或者像个宅女。"我轻言细语。

大提琴持续拉奏。回到家中,脱去被雨水淋湿的裙子、浅口平底鞋。浴室里冲个热水澡,换上全棉粉色运动裤,真空穿件白贴身背心。乳房小小,显得乳头格外突出。
家里有各种零食,时尚杂志,漫画,欧德柳的小说。偶尔读读尼采与波伏娃也不错。还要一台 65 寸的小米弧面大电视,内置最新最经典的电影热剧。比如岩井俊二那片名长得拗口的新片。什么来着?《瑞普·凡·温克尔的新娘》?
再来点啤酒吧。黑啤很 OK,高度数的粉象更棒。女孩从冰箱里拿出两瓶,咕咚咕咚倒进玻璃杯里。泡沫溢了出来,女孩赶忙吸进嘴里。咻、咻、咻,冰爽惬意,畅快悠远。她就这么一面看着电影一面吃喝。不知不觉,天已黑得透底。女孩关掉电视,伸懒腰,慢悠悠打个哈欠,眼泪都挤了出来。
咚、咚、咚,敲门声,巴赫戛然而止。会是她心爱的人吗?

"大号包装盒里的实体娃娃也说得通。"
他打断我脑海里的情景剧。
是啊,敲门的或许只是个快递员。
我身体伏他背,双手围住他腰。我感觉到他的肌肉有微微过电的颤抖。
"她要的只是一个临时的温暖依靠。"呢喃自语。
"你说什么?"
他不知道我的内心戏,如同我不知道为什么忽然想抱住他一样。

大概是怕摔车吧。

大概。

四人行 2. 上帝视角

到海拔 3883 米的尔力台时。夜织出的黑线正加快速度剥离掉夕阳的余晖。气温一下子从二十来度掉到了零度。车里的青青与阿柳开起空调尚感寒意,肉包铁的安娜与杰自不必多言。大风起,冷得心脏都被冻住,上下牙不断磕碰,完整的一句话断开成四截。

"去、吃点、什么、热的吧。"杰指了指在山顶开店的藏家小餐馆。门外一只狼标本,以后入式的姿态,趴风干的羊背上。

安娜取下头盔,半张脸缩进皮夹克领口里,分不清是点头还是颤抖。

烤着火,四碗羊肉汤和几十根烤串下肚,世界重回温暖。青青从背包里拿出双墨绿色的袜子换上。安娜问她之前的去哪了,她看着阿柳笑,阿柳躲避她的目光,吹着莫名旋律的口哨回应。答案飘散在暧昧中。

"老板,你门口那个狼,是自己打猎的?"杰问老板。

"嗯,好多年前打的了。"

"现在还有狼?"青青出声呷口汤。

"有,不过比以前少多了。"

"不少,面前就有两个。"杰说。

老板刀刻斧砍的皱纹随着嘴角的拉扯四散开来。嚼着自己烤的羊肉,喝口青稞酒。"你们晚上要赶去县城?"

"是啊。"

"运气好的话,就会看到狼。"

"那骑摩托车不是很危险?"安娜双臂交叠抱着自己。

"几年前,有个年轻人,独自一人从唐克徒步回县城。几年后,牧民发现了他被狼吃剩的残骸。"

"草原上没得灯,开车的尽是些远光狗,赶夜路不太安全。"阿柳说,"要不然我们找个地方住吧。"

"你们要住店的话,我有个兄弟开旅馆的,就在附近。我打电话叫他来接你们。"

"不用那么客气吧,我们有车,自己开过去就好。"

"下面是草原,没啥地标。他不来接你们,你们找不到的。"老板给青青解释。

四人意见一致后,老板电话联系旅馆。不消一刻钟,一辆蓝色的奥拓"快乐王子"停店门口。

"这车还能跑高原?"阿柳问老板。

"没有到不了的车,只有到不了的人。"

"老板,你这狼骑在羊背上是什么意思啊?"临走,青青明知故问,装傻装天真。

男人们笑。

"小妹妹,你没耍朋友吗?"老板点起方才阿柳散给他的烟。

"有什么关系啊?"

"我这是一首歌,叫'狼爱上了羊'。"

"还有个意思,我们四川话里形容很潮、很拉风的意思——日羊。"杰小幅度做了个提臀前顶的动作。

"无聊。"安娜说,既评价杰,又影射青青。"太冷了,我坐车。你自己骑摩托吧。"她将头盔还给杰。

阿柳与杰.阿柳视角

原来所谓的旅馆,不过是道路边、草原上搭的帐篷。气温越来越低,尽管简陋,也比四个人住车里强,亦颇有风情。一个大帐篷,老板和家人住。周围五个略小的,其中三个已住了人。两对男女各住一个篷子,木桩之间相隔不过十米。

舟车劳顿,人困马乏。加之天冷,帐篷里除了厚实的两个被窝及灌满热水的保温瓶,再无任何取暖设备。我和杰脱去外套,和衣早早躺床休息。

　　本想玩会儿手机,刷刷朋友圈,但草原信号飘渺,怏怏作罢。杰沾床便倒,无声无息,不知是否已然入眠。

　　"喂,"我拍他,"睡催子,起来抽根烟。"

　　"不抽。你要抽出去抽,不要整得帐篷里面尽是烟臭。"他揉眼睛,"其实我也睡不着,正在酝酿。手机没电了,不睡又无聊得很,摆会龙门阵催眠嘛。"

　　正合我意。

　　"那两个女娃子巴适哇。"

　　"屁话。"杰打哈欠,"争取我们一人把一个哇。"

　　我笑,脸上油腻腻的猥琐:"突然想起原来的一些事。"

　　"啥子事?"

　　"你不觉得原来很美好?"

　　"你龟儿,当真话吸了几口无污染无添加的空气就纯洁了嗦。"

　　"不晓得嘛。我突然很怀念原来我们一起打街机,打篮球,打架的那些事。"我点起根烟,抽了一口。"我们好多架都是在球场上打的。"

　　"你凶噻,脾气大得很。"杰笑,支起身抓烟,抽出根含嘴里点燃。

　　"你不是不抽嘛。"

　　"总比吸二手烟好嘛。"

　　"说起来,好久没打过球了。"我抹把脸,干得发紧。"还是你好,还在坚持打球。"

　　"想打就打三,有啥子嘛。"

　　"跑不动咯,更不要说跳。我多羡慕那两个女娃子的,二十四岁,正是褪掉青涩逐渐成熟的时候。人生一片明朗,最好的时光,我们都老了。"

　　"爬,老子还年轻,男人三十一朵花。"他朝我喷烟。

"是不是哦,你现在一晚上还能来几次?"

"至少三次。"

"喝老子。"

"喝你捞球,不信爆你菊花?"

"来哇。"

"脱三。"

然而我们谁都没有动作。

"我快两个月没和我老婆做了。"我掐灭烟,口手不闲点燃第二根。

"阳痿了嗦。"

"痿你妹。"脑海里闪过老婆的样子,"是不想和她做,很多时候我宁愿自己动手。"

"嗯,正常,恋爱谈久了都会腻,更不要说婚后了。我也会手动挡。"

我掂量半分,和盘交心:"我在外面有个小女友。"

"耶,你虾子,婚外情,赶紧摆下。"

果然,他有着与外形极为相背的八卦属性。

"九八年的小妹妹,刚上大学,才和她耍起。"

"太坏了,大人家一轮,搞侄女嗦。"

"不要那么低俗哈,还没上床。"

"残留了一丝人性。"

"废话,妹儿还是个处。第一次给个已婚男人,我又不能给人家啥子。做了的话,可能会给对方留下阴影。"我掐灭还剩一半的烟。"已经骗取了感情,就不要再骗身体了。"

杰沉默几秒,用研究篮球鞋的眼神盯视我:"难得你有这个领悟。"

我自嘲地笑,转移话题:"不晓得那两个妹儿会摆些啥子。"

"有可能在讨论我们两个人的分配问题。安娜多半会选我,坐摩托车时她一直抱到我的腰。"

"自作多情哦,你好大了?人家抱哈你腰就喜欢你嗦。"

"你不懂,这个叫荷尔蒙吸引,看我就这两天拿下她。不过我觉得青青更巴适,那对胸,那个长相,那身皮肤……"

"爬爬爬,吼得凶,昨晚那个脏辫妹,送到嘴巴面前都不咬。人家身材还不是霸道,眼神很性感。"

"算了,那个型号我不敢吃。羌族妹,惹不起。万一人家动真感情了,晓得我脚踩两条船,我怕被中间破材。"

"安娜或者青青你就不怕人家把感情当真,不怕被破材了哦?"杰常有莫名其妙的双重标准。

"一场游戏一场梦,随缘嘛。"

曾经很多年前,听谁说过,人只有在无奈的时候才会相信缘分,才爱将"随缘"挂嘴边。

"窝尿。"

"把我皮衣批起,外面冷。"杰将皮衣扔给我,"顺便偷听下妹子些在摆啥子。"

阿柳的 solo. 阿柳视角

我的婚姻是场原罪。它不是为爱结婚。

并非指没有爱,准确来讲,是爱得还不够,不足以许下婚姻的誓言。

但我们结了。表面上看,是因有了孩子。

其实,是为了房子。

四五年前,她老家的房子拆迁,赔偿按户口上的人头算。

那时,我是公交车司机。

往事如新。小学入学的第一堂课,老师问我们,长大后想干什么?不用怀疑,肯定有小朋友说要当科学家。而我的梦想朴实又平庸——开公交车。辛苦归辛苦,自己觉得快乐就没啥好抱怨。但在老婆的反对下,前年转做调度上行政班,一个月工资加奖金六千出头。老婆婚前是护士,休完产假没多久便辞职在家带孩子。靠我那点钱,养家显然捉襟见肘。幸亏一直与父母住,爹妈补贴不少,拖家带口啃老。

赔偿的房子在老婆娘家,由丈母娘代管出租。然而几年来,一分租金都没经过我手,全由老婆和她妈捏着。但凡有多一些钱,老婆亦会拿回娘家。这是我俩无可调和的分歧。我希望她能照顾好我们的小家庭,她的心思俨然更多在她妈那里。

"老公,你晓得,我爸走得早,我妈一个人养大我不容易。我们现在又没和她住一起,我只有多给她些钱咯。"

我非气量狭小之辈,但以丈母娘三套房子收租婆的月入,体健没病无不良嗜好的生活状态,绝不至于需要女儿女婿在本就不多的收入中还拿出一部分去赡养。况且我们小家庭尚需我父母接济。

遗憾的是,老婆丝毫不理解。

我们因此争吵,吵到离婚的边缘。

我们因争吵而疏远,疏远至同床异梦,相背无言。

再过一个月,我将年满三十岁。

二十九岁生日时,我并没有多少感触。但对即将到来的三十岁生日,却深为惶恐。简直不可思议,我已要向二十这个年龄段彻底挥手告别。三十岁俨然是个巨大的分水岭,左侧还是可以称之为青年的艳阳地,右侧却是一旦开启,便不断滑落的中年灰暗界。早我半年跨入这个阶段的杰,不知是否有同样感受。总之,我是怕得要命,甚至产生种"要不就把人生结束在二十九岁算了"的危险想法。

我无比羡慕那些还在二十阶段的人。我嫉妒我的小女友。她更年轻,连二十这道门槛都尚未踏足。成年人的世界,她似懂非懂。她期盼进,我却希求退,妄想抽身,奢愿回头。

我无比怀念旧日的美好。十五六岁的街机厅,我是肯,杰是隆;我是霸王丸,他是牙神幻十郎。十七八岁的夏天,我俩不分昼夜地打球,晒得皮肤黝黑,汗水成盐。他模仿科比的晃左切右,我练习麦迪的销魂干拔。

我想阿婵,那个让我心动神伤、畅笑落泪的女孩。最近半年来,常常想着她自慰。

我眷恋那个会为爱情热血流淌喷涌不息的阿柳,那个二十出头的阿柳,那个开着公交车吹口哨哼歌的阿柳。

一如若尔盖大草原夜空燃烧的星海般绚烂无双。

青青与安娜. 青青视角

厚被子又硬又密,是四周倒塌压下的墙。思维被双面胶粘住般迟钝,内心却焦虑得像脱水时高速转动的洗衣机。

我知道,抑郁症发作了。

每每此刻,小青青出现的话,会教我如何支起坍塌的墙,腾出一片可以呼吸的空间。

但她没有出现。

半分钟过去了,仍不见她的影踪。

心底里呼唤她,嘴里轻轻念诵她的名字,未闻回音。

糟糕,我应该在睡前吃药的。

但怕安娜看见、追问。所以……

我呼吸开始急促,脸颊发烧般滚烫。忽然想哭,于是开始吞声抽泣。

"怎么了?"安娜问我。

"快抱住我。"我用小得只有自己能听见的音量求助。

"什么?"

"抱住我。"好歹提高了声调。

她从自己的被窝里起身,坐到我身旁,手贴我额头。

"发烧了吗?"

我紧紧抱住她,她的心跳震动着我的胸腔。

"你怎么了?"

"不要讲话。"我用命令的口吻说。

于是她不发言语，回拥着我，抚摸我后脑勺，像安慰一只和母亲走丢了的小猫。

大概半分钟吧，我睁开泪眼，小青青出现在安娜身后。眼前的景致模糊不堪，唯有她清晰透亮，散发出微薄温软的灵光。

你刚才为什么不出现？我用脑波问她。

这样不是挺好吗？

我不想让安娜知道的。

其实你早就想对她说了。她眯眼笑。我只是顺便帮帮你罢了。

接下来该怎么办？

对她坦白啊。大大方方说自己有抑郁症。

我该怎么说？直接脱口一句"安娜，我生病了，我有抑郁症"？每当这病发作时，我会陷入密布短刺的松软胶泥中。短刺们扎入我皮肤，尝到血便兴奋起来，跳起缓慢又笨拙的扭屁股舞，在我眼前雨点式嘈杂如絮纷飞。肩胛处的关节说不清是痒还是痛，我要不断的敲击它们，才能释放些微令人安心的内啡肽。可至多三秒，这份安心旋即被悠远的惊悸覆盖，一双看不见的手，把我捏面条般拉长、碾细。从脑袋顶撕开一道口子，长着绿胡子黄眼睛的秃头矮个巨人朝里面吹气，将我吹得圆鼓鼓的。巨人捏住小口子，把变成气球的我提在手里晃荡。操着葡萄牙语唱完一首莫名其妙的歌后，忽然一松手，我噗噗噗的喷出气，胡乱朝前飞去。散尽含有巨人烟臭味与黏糊糊口水的气后，我成了张扁扁的人皮，滞重空中身不由己的飘摇。伴随路易斯·阿姆斯壮《what a beautiful world》，像个垂死的芭蕾舞演员用尽最后一点力气，踮起足尖，故作优雅不胜怜惜地坍塌入王子怀里。

安娜，我病了。从我知道男友有孩子有家庭后。我不止一万次想要离开他，挥斩情丝结束这不伦恋。但我做不到。安娜，你不是和我一样吗？你也会得我这种病吗？你有小安娜吗？她是十三岁，还是十五岁？安娜,你能和我说说吗？我好像看到十六岁的你了。那个为自己胸部迟迟不肯发育愁眉苦脸的你。那个身上总能闻到牛奶栀子花香的你。安娜,现在的你,已经没有这个味道了,你自己知道吗？安娜,我有好多话想和你说,比如我想和你做爱。我要轻咬你的小小乳房,把你浅棕色的乳头含进嘴里吮吸。我的手指拨弄你湿漉漉滑溜溜的下面,听你喘息。然后拿起你的手,放我的乳房上,让你尽情地抓。放心,纯天然,抓不破的。我引导着你,让你把纤长的手指放进我同样湿滑的下面。我们接吻,舌头纠缠在一起,咽下彼此兑水蜂蜜般的唾液。

"刚才又做噩梦了。"
"你怎么回事啊,吓死我了。"
"不知道,可能恐怖片看多了吧。"我挤出一溜轻快的笑。
"最近看了恐怖片吗？"
"和你在一起,天天都是恐怖片。"
"找死。"
她弹我脑门。
"陪你睡咯。"
"好。"我抱住她。

但是安娜,我终归什么都没有对你讲。

四人行 3. 上帝视角

"时与光"是杰堂哥客栈的名字。除了住宿服务,兼有餐饮,主打新派川菜。

三层楼高独栋建筑,一、二楼的外墙漆成白色,三楼则是深红。点缀牛头骨及藏式花纹,在蓝得近似透明的天幕下,净如才从土里长出的处女果。到了夜晚,沐浴心神撩动的月光,处女果打开花苞,吐露你从没嗅到过的牛奶混合栀子花的奇异迷香。花蕊里是位全身赤裸的处女。从头至脚,炫耀令男人心神意乱跪拜舔舐的芳华。

一米八一的杰已算挺拔,其堂哥更是高出他半个脑袋。此刻,一身牛仔装扮的他,胡子拉碴,两鬓剃青,背靠自己店门。见堂弟到来,微笑击胸表示想念。轻拍阿柳臂膀,道一句"小叶,好久不见"的预热寒暄。明亮眼神扫视两个女伴,看人可以刺出两个洞来。

"若尔盖没多大的,主要几个景点一天就可以逛完。"堂哥将杰一行人迎进店内,煮好一壶咖啡,为四人倒进土陶烧制的杯中,"牛奶和方糖自己放,别客气。"

"你堂哥的普通话比你标准太多了。"安娜打趣杰。

"欧巴,你的店为什么叫这个名字?"

"欧巴……"杰拖长尾音重复青青的话语,"怎么没听你叫我们欧巴?"

"你堂哥一副兄长范,你喃,一副色狼样。"

堂哥绽放若尔盖阳光的绚烂笑颜:"说来话长。我叫邓佳时……"

"那你的另一半名字里有个'光'咯?"

杰震动声带打断青青:"肚子饿了,吃午饭吧。"

"才十一点,早了些吧?"

"昨晚没休息好,早点吃饭,睡个午觉养足精神,下午还出去玩嘛。"阿柳帮腔,"时哥弄的菜相当好吃。"

"好啊,我一会还想去买件藏袍,时哥给推荐下呗。"安娜说。

"嗯,还要去买踏板摩托的皮带。"杰提醒。

于是再鲁钝的人也会停止这个话题。

县城街头颇有拉萨之风,行走其间,邓佳杰想到了女友。三年前,二人牵手漫步拉萨街头,她穿身藏袍,恰如现在的两个女孩般,吸引了所有或潮湿或干燥的目光。分开旅行这些天,与女友微信沟通互报状况。不浓不淡的牵绊,从来未曾缺席。郎情妾意的甜蜜,俨然日趋贫瘠。当然不可能将与两个陌路女孩结伴旅行的现状告知女友,说不定女友亦在他乡与某个陌路男人酝酿偷欢。

达扎寺、花湖、郎木寺,恰如邓佳时所言,一天的时间足够游览。

拍照、拜佛、聊天。听杰讲郎木寺的天葬习俗。他是个很好的话题发起者,天南地北,古今中外,俨然无一不晓。与其同行,似乎带了个不会断电的 kindle。

青青是四人组里男版的杰。她有种接续话题的能力,无论对方开启了一个什么样的故事,她都可以嫁接到自己的角度与经历,散发阐述。二人畅聊不止,时而爆发大笑,时而亲热打闹。杰拍下青青的屁股,青青亦用袭胸去回应。一旁的阿柳与安娜看得莫名奇妙,尴尬赔笑。

"他俩处得很好啊。"
"嗯,青青挺开心的。"
"你有男友吗?"
安娜瞥眼阿柳:"我是你的话,就不会问这种破坏气氛的问题。"
"哦,那我报个名吧。"
"什么名?"
"你的追求者名单啊。"
"哇,我好荣幸。"
"虽然那明显是句假话,但我当真听吧。"
安娜抿嘴浅笑,看向日落的远方。

旅行的意义,于某些人看来,在路上不在目的地,在心里无需在眼里。假如面对广袤的草原及透明的蓝天都不能使你赫然开朗,则郁结入骨,愁若繁星。为解忧的解衣往往成为一种不是选择的选择。情伤性疗,饮鸩止渴。片刻放纵后依旧是无尽的迷茫。

"好想喝酒啊。"青青说。酒是色媒人。

草原的夜比黑咖啡浓,叹息似的愿望像个待收养的孤儿,彷徨游走同车的另外三人耳畔。

"回时哥那里喝,他好酒多。"开车的阿柳张开怀抱。

安娜 VISION 1

时哥忙着餐厅的生意,杰与阿柳老实不客气,从厨房端出六道菜,我们拿到房里吃。空调开至三十度,席地围坐两张床之间,厚实的短绒地毯自带温暖感。

酱香鸭舌,烤羊排,秘制牛肉干,油炸猪腩肉,蒜香烤羊脑,拌黄瓜。重点当然是酒。两瓶金黄的威士忌,一瓶已经拔出橡木塞的张裕宁夏葡萄园美乐干红。

"我×,你俩是打算迷奸我们吗?"

"不可能,最多通奸。"杰顺手递我瓶威士忌。

"四个人来场混战也说不定哦。"青青添乱。

"你玩得挺开啊。"阿柳拿过一瓶威士忌,拧开盖,给青青倒了大半杯,"加冰吗?"

"加啊。"青青接过杯子嗅,"什么牌子的?"

"MACALLAN 麦卡伦,单一麦芽,口感不错。"杰脱去皮衣,扔我睡的床上,压着我新买的藏袍。

"没喝过,但我喝过那一瓶。"青青指我刚拿手里把玩的黑占边,"有什么区别吗?"

"口味不同。"杰倒入杯中三公分厚度的酒,"波本风调和的,喝起来有水果的味道,黑占就是代表。苏格兰风调和的,比如尊尼获加,有泥土、煤炭之类的味道。单一麦芽,像现在这瓶麦卡伦,有种威士忌最本真的味道。"

"什么味道?"青青闻酒杯里的金黄液体。

"钱的味道。"

"那你给钱了吗?"我把藏袍从杰皮衣下抽出,挂到衣架上,和青青的挨着。

"亲兄弟才明算账,堂兄弟就请客咯。"

"别啊,你堂哥做生意的人,我俩管饭,你俩管酒。"

"没事,他在若尔盖开个这种店,也没打算能挣多少钱,散心第一。"阿柳递给我被金黄液体侵占的酒杯。

"哦,看来是个有故事的男同学。"

"相当有故事,堪称当代传奇。"

"少说废话,快去拿点冰上来。我哥做得有球冰。"杰支会阿柳。

"好,等我回来再开动啊。"

"神神秘秘的,有什么不好讲的吗?"青青脱掉球鞋,对盯着她的杰解释,"放心,不臭,阿柳知道的,这样舒服些。"

"阿柳知道?"杰俨然意外,我倒略微能猜到些什么。

青青嫣然莞尔:"是啊,这是我和他的小秘密。"

"好嘛。"杰不再追究,或者等待稍许盘问阿柳。"有个说法,"猥琐的坏笑浮现他布满胡楂的嘴角,"如果女生愿意在你面前脱鞋,你就可以握住她的脚。而当你握住她的脚时,你想继续做什么都可以了。"言毕,他抓住青青的右脚。青青笑骂句"讨厌",将他踢开。

我操,来抓我的试试? 一脚让你变太监。

"那我还可以脱鞋吗?"我问。

"玩笑,别当真,请随意。"

于是我索性连袜子一起脱。

杰 VISION 1

"时与光"是我堂哥旧情的墓碑。每当我看"金星秀"的时候,总会想起那位前嫂子。

我一点也不愿在她俩面前提起。并非什么家丑不外扬,那只是我堂哥的私事,不需要别人品头论足提炼什么人生经验心灵鸡汤。

阿柳很快提着冰桶上来了。四块大球冰,刚好能放进我们的敞口威士忌杯里。

"我操,拳头大的球冰!怎么做的啊?"

"大砖冰一点一点凿出来的。"我为安娜解惑。

舞起爪子开吃吧,撑开喉咙管尽情喝吧。我很久没与女友之外的异性有过如此亲密相处了,俨然回到单身时光、恋爱前状态。每一个姑娘都是我潜在的对象,等着我去探索、去发现。

脚趾颀长得可以拉小提琴的安娜虽然外表冷冰冰,实则应为最热烈。这类女生轻易不会动情,动起情来便缠绵入骨。

爆乳小娇娘青青貌似洒脱利落,内心却最为细腻柔弱。这样的女孩是用来疼的,不是用来痛的。

如此高矮、性格分明的闺蜜二人组,实在是对有趣的组合,恰如我与阿柳。

想来万分遗憾,为什么单身岁月里,我俩未曾遇见这样一对女生?我们像现在这样,二人都是可以交往的对象,但不做预先设定,搞场四人约会,谁和谁更搭调,便和谁发展。我们不会为了同一个女孩争风吃醋,我们的女友是对闺蜜,女友的男友又是对兄弟,多和谐的关系……但是等等,我的女友、阿柳的老婆,不正是这种关系吗?我在想什么啊?绕了一圈回到原点。

不要相信在野党,谁上台后都一样。

"来,干杯!为了我们的不撞不相识。"青青把我拉回此景。

不知不觉,觥筹交错间,我们已干掉了大半整瓶麦卡伦。

阿柳 VISION 1

酒助烟瘾。于是我掏出烟。

"谁要?"

"抽个球的烟。"杰用四川话说,又立即改口回川普,"等下,我回房间拿个好东西。"

再回来时,手里多了包红色的盒子。扔给我接住,是长城骑士三号雪茄。

"什么时候改抽这个了?"虾子娃娃,现在才拿出来。

"最近。毕竟三十岁的人了嘛。"

"哎,以为你拿大麻去了。"青青失望叹气。

"你还真的挺会玩。"我对青青说,"我们都没碰过的东西,你一刚二十四岁小姑娘,什么都懂。"

"她嘴巴占便宜罢了,别听她的。"安娜从我手里拿走雪茄,抽出一支,拨开包装的玻璃纸,含嘴里准备点火。

"停,雪茄不是这样点的。"杰拿支在手里为我们示范,"抽雪茄有些臭讲究的。"

"既然是臭讲究,那就不讲究了呗。"安娜怼杰。

"好,我换词。抽雪茄是有些基础礼仪的。首先,请观察你手里的雪茄。"

我们拿着这支比烟粗,但并不像电影里看到的那么大的雪茄,等待杰下文。

"雪茄分了很多尺寸,大中小迷你。那种又粗又长手工全叶卷的,丘吉尔和切·格瓦拉、希区柯克经常代言。"

对,那是我印象中的雪茄。叼嘴里像含了根阳具。

"小的尺寸,像我们现在的这种,属于半手工。"

"有什么区别吗?"安娜觑眼手里的雪茄,又看向杰。

"说来话长,简单理解,全手工好过半手工,全叶卷好过半叶卷。颜色深的味道重,颜色浅的口感温和。机制的最菜,那些做得和香烟一样的东西千万别碰,会把你对雪茄的认知带进大大的歪路。"

"邓老师请快进,要不要我们抽啊?"青青道出了我想说的话。

"好。"杰继续,"首先,点火时,不是用嘴吸气助燃。要把雪茄放在火苗的上方,慢慢转动,让它欲火焚身后,再轻轻含住吸气——注意,和香烟大大的不同,吸进去的烟雾只能包在口里,不可以进肺。"

"为毛?"我太阳穴一挖一挖的跳,头晕脑涨。想必脸色已然发红。

"抽雪茄的乐趣在于感受烟雾留在唇齿之中的回味。"杰点燃手里的雪茄,拔一口,含住两三秒后,猛的吐气喷出。继而夸张深呼吸,装出很享受的模样。"这时你会感受到雪茄留在你口腔里的气味。根据烟叶不同的发酵方法,有的是巧克力味,有的有杜松子或香草味,还有的是皮革及咖啡味。很奇妙。

"此外,抽雪茄有个小技巧,我们叫它'黄金三十秒'。即抽第二口的时候,最好和上一口间隔三十秒。这样既可以让雪茄保持一个理想的温度中,又可以避免醉烟。"

"什么东西?"青青啜口酒。

"醉烟,雪茄抽快了导致的大脑缺氧。像醉酒一样,头晕恶心想吐。"杰浅笑,"不过有的人就喜欢醉烟,要的就是晕乎乎的感觉。"

我们照杰教的方法点燃雪茄,吸进嘴里探寻他所谓的气味。然而我习惯性的将烟雾引入肺中,于是被人迎胸一拳的打击感传递全身,呛得我像闻到了消化不良的屁。

青青 VISION 1

当雪茄的烟雾弥漫暖舒舒的房间时,小青青出现了。

这次她站在阿柳与杰之间。

时间突然停止了流动。除了我和小青青,其余三人被下了定身术般僵硬冻结。

嘿,玩得挺开心嘛。

她手指蘸了点杰杯中的威士忌,放进嘴里吮吸。

酒喝多后的精液是甜味的,肉吃多的精液是鱼腥味的,你想想,又酒又肉的话会是什么味道?

羊脑味。我觑眼已吃光的烤羊脑餐盘。

她笑着飞舞,踩踩杰的头,又坐到阿柳被酒精点燃的脖子上。诶,来点更好玩的吧。

玩什么?

真心话 & 大冒险。

好幼稚。

我是小孩子嘛。

她消失后,时间重新开始流动。

"来玩点什么游戏吧。"

"斗地主。"阿柳回应我,"不打钱,输了的罚酒。"

"脱衣服也可以。"杰补充。

"四个人怎么玩?"

"轮着上啊。"

"不好。"我摇头否决。

"天黑请闭眼?"安娜提议。

"人太少了。"我当然不会同意。

"叫上时哥和他的店员啊。"

"算了吧,人家还忙着喃。累了一天,更想休息。"杰替我挡驾。

"干脆来真心话大冒险吧。"我引回正题。

"行啊,我去找骰子。"杰起身。

"不用那么麻烦,"我将已喝空的麦卡伦酒瓶拿在手中,"我们各坐四个角,依次转酒瓶,瓶口指向谁,谁就先喝口酒,然后由转酒瓶的人提问,选择真心话或者大冒险。"

"顾筱青,你还真打算酒后失身了?"安娜瞪我。她细长的柳叶眼鼓胀起来还是蛮大的。

"你不喝醉,我就没事。"我头枕她肩膀笑,"我对你的酒量有信心。"

"还请放心,只要你俩不主动提要求,我俩绝对规规矩矩当和尚。"阿柳双手举过头,是提前向我们投降吗?

"有这样又酒又肉还抽雪茄的和尚吗?"安娜给我们的杯子续满酒。

"花和尚嘛。"

她挑眼看杰,微笑宣战:"来吧,我先转。"

安娜 VISION 2

十秒后,瓶子停止转动,指向坐我对面的邓佳杰。

正合我意。

"来吧,先喝。"

他喝酒倒挺干脆。脸色略微发红,酒精作用以及房间太暖,穿着T恤亦会冒汗。青青与叶柳已然喝高,迷蒙醉眼可以焚化彼此的衣衫。

"真心话还是大冒险?"

"真心话吧。"

"想问什么?"我和青青商量,她附我肩头耳语。

"不好吧,这么直接……"

"玩嘛。"青青打开手机里的网易云音乐APP,放起有里知花的歌。

于是我问了他事关男人尊严的问题。

杰闻言大笑,回答十八公分。

我们自然都不相信。连阿柳都说没关注过,不足取信。除非他立马掏出来,并呈现战斗状态,实地测量。

"我叫什么名字?"

"邓佳杰啊。"我呷口黑占边。

"写成字母缩写是什么?"

"DJJ。"

"那不就是'大鸡鸡'嘛。"

"我操,这也能糊弄。"

"不然喃？你负责弄直了量啊？"

我泼他酒。

不过看看也无妨。

只要他真敢脱。

有里知花唱起了《Close To You》。

"该我转了。"

大鸡鸡先生正要拿酒瓶，却被青青抢先。

"Lady first。"

阿柳 VISION 2

这么巧，杰过了就是我，作者安排的吗？

我快喝不动了。软绵绵的音乐仿若催眠曲。征得青青同意后，解锁我的手机，音量开到最大，从 QQ 音乐里翻出 Green day 的歌。伴随《Oh love》，将杯中五公分厚的威士忌一口灌下。冰在口腔，滚烫肺腑，神奇四侠·霹雳火瞬间附身。

回想青青朝我领口塞袜子，我选择了真心话。假使是大冒险，她让我舔脚亦不足为奇。

"你结婚了吗？"席地而坐的青青抱住自己的双膝。

就这么简单？

"没有。"我真心希望没有。

"哦。"她的笑透出百分百的质疑。

"我俩还是单身，希望通过这次旅程偶遇真爱。"杰一本正经胡说八道。

"好，我俩也是单身，也希望能遇见真爱。"安娜端起酒杯，"来吧，为了真爱，走一个。"

"又干？"我委实不能再喝了，处于直播的边缘。

"随意嘛。"

青青却将差不多满杯的酒吞了一半,俨然做了个艰难的决定,才将包嘴里数秒的灼烧液体咽下肚。连呼吸亦未调整,即把剩下的那半迅速收纳胃袋。

"你们这些人啊,真没劲。"她将酒杯轻轻放下,未熔化完的球冰转了半圈。"一个明明无名指上还有戒指印,却说没结婚。一个明明有男朋友,却说自己是单身。"我右手握住左手,其实已无遮挡的必要。

她轻飘飘地看着安娜:"白天你还给李奇发微信来着。"

"你喝多了。"

"没有,我就是想说点真心话。"她托腮,俨然脑袋摇摇欲坠,"睡帐篷的那天晚上我就想给你说了。"

"想说什么?"

"很多很多我没给你说过的事,比如我喝过男人的精液。"

"啊?"

"还到处睡男人,有十来个了吧。"

"你、你说酒话吧你。"安娜拍青青,"杰和阿柳还在这喃。"

"什么味道?"杰将音乐关掉,"男人的那个东西。"

"酒喝多的时候是甜的,肉吃多了是鱼腥味的。又酒又肉像羊脑味。"

"哦,"杰舔嘴唇,他摸自己的下巴,"为什么想去喝那东西?"

"小青青叫我去喝的呀。"

"?"

"就是十三岁的我啦。"她宛如被幸福撞击般的笑,"你们看不到的。她时不时会出现,教我做这做那的。"

"我操,你姐妹逗我们吧?还是中邪了?"杰凑安娜身边问。

"我没中邪。"青青敲杰脑袋。"我只是有抑郁症。"

"哦,抑郁症啊。"我盖紧还剩三分之一的黑占边,都不能再喝了。

"好高级的病。"

青青抢过我正欲拿远的酒,扭开盖子往自己杯里倒:"游戏还没结束喃。"

"还玩?"

"废话,不许耍赖了。该真心话就真心话,别他妈明明结婚有孩子了,还骗女的说自己是单身,遇见了你才遇到了真爱。他妈的把女的骗上床,被戳破了以后,又说爱的是你不是她,要你当他背后的女人,要你等,等孩子满两岁了就和老婆离婚来娶你。谁他妈知道又是不是骗人啊。诶我说,你们男人就这么爱出轨?这么爱骗小女孩?"

她再次一口消灭杯中酒。安娜去劝她,被她推开。

"对了,安娜,你不知道吧,我怀过孕。"

"王伟的?"

"是他的就好咯。"她示意杰给她雪茄,杰帮其点燃。

"别给她。"

"没事,让她释放下吧。"杰对安娜说。

青青深拔口雪茄,用力吐出烟雾:"要是王伟的,我可能会生出来吧。可他每次做爱都很注意避孕。"

"那是谁的?"

她冲安娜笑,那是一抹眼中含泪的凄惘自嘲:"有次,我约了两个男人一起。他们都射我里面了,然后就怀孕了。所以我也不知道到底怀了谁的。"

"什么时候的事?"安娜潮湿着双眼。

"去年十二月底。今年春节前发现怀孕了。诶,你那时不是约我去新加坡玩嘛,我骗你说要和我爸妈去云南,就是那段时间做的人流。"

"我操你顾筱青,你干吗这么糟践自己?"

安娜推青青,头碰在床头柜上。我赶忙抱起她,杰亦拉住安娜。

"别碰我!"青青冲我吼,而后看着安娜,"我想吗?是我自己愿意的吗?你不知道我的感受。每次抑郁症发作的时候,我身体难受得像被四面带刺的墙压住一样。然后小青青就会出现,教我怎么缓解这种压迫感、紧张感。"

061

"所以你就去乱搞吗？你有病不治啊？你干吗瞒着我？"

"你还不是和我一样。你还不是喜欢一个有妇之夫。我给你说有用吗？你能离开你的李奇吗？"

"可我没有像你这样糟践自己。"

"那你干吗和我出来？"

"我是和你一起旅游的啊。"

"那他们两个怎么会在这？"青青指着我与杰，"你没有想过和他们谁怎么样？"

"我为什么要去想？"

"报复李奇啊。"

"有用吗？"安娜哽咽，"就算我和他们睡了又怎么样？就算用这种形式报复了李奇又有什么改变？你以为我不想和他断开？没用。心断不了，身体躲再远，再怎么糟践自己，都不会有改变。这么简单的道理你不懂吗？"

"我不懂，我有什么错？我爱一个人有错吗？"

"傻女。"安娜紧搂啜泣的青青。

"我们是不是该配合性的抱哈她们？"杰说回四川话，他常有一种不合时宜且自以为是的幽默。

"我借给你抱嘛。"我穿回外套，"出去抽烟，让她们两个静一哈。"

阿柳 VISION 3

"我理解你为啥子和小女友保持距离了。"

杰给我雪茄，我摆手谢绝，点起一支"天子"。熟悉得像自己身体一部分的烟雾填充着肺，踏实。

"本来还说有艳遇，结果搞成这个样子……也好，情债多了麻烦也多。"他含着雪茄，却没找到自己的打火机。

"你想多了。就算发生了啥子，你顶天了算肉债。"我将我的给杰。

"想起孙燕姿一首歌里唱的，"他挠下巴，"成年人的世界背后总有残缺。"

"《天黑黑》?"

"嗯。"他笑,"唱给你听?"

"我不想听狼嚎。"

当然未能阻止他抒情:

> 我爱上让我奋不顾身的一个人
> 我以为这就是我所追求的世界
> 然而横冲直撞被误解被骗
> 是否成人的世界背后总有残缺

……

"哦哟,啥事这么高兴?"时哥来了,"那两个妹妹喃?"

"在房间头。"

"你们两个守人家门口干啥子?"

"没有,我们才在这。抽烟,摆哈龙门阵。"杰递雪茄给时哥,"忙完啦?"

"嗯,打烊了。"时哥将雪茄拿在手中翻烤点燃。

"生意还是好三。"我观察他脸庞更深一层的皱纹。

"一年就这几个时候忙,其他时间很空闲。冬天我去丽江、大理待,第二年五月份再回若尔盖。"

"你生活过得才腐朽哦。"杰的胡楂也比以前更为茂密,"哪天还是回成都来耍,我搬家了,你来看哈哇。"

时哥拳击杰的胸:"好久结婚?"

"翻年再说。"

"不要晃了,该收心好生过日子了。"他看着我,"你要向小叶学习,娃儿都要上小学了哇?"

"哪有那么快哦,才读幼儿园。"

"嘿,娃娃长得快。好生过日子,都三十岁的人了哈。"

"晓得。"杰手搭时哥肩头,"你也是,奔四了,该给我找个新嫂子了。"

他微笑未语,片刻后下言:"我准备睡了,你们也差不多休息了哈。"

"好,你不管我们。"

"我意思是,不要在人家妹妹门口守起了。"他指着我俩,"再次提醒,有家有室的人哈,各人自觉点。"

杰 VISION 2

堂哥前脚刚走,安娜打开了门。

"进来帮忙。"她脸色疲惫,"把吃的东西收拾了。"

进房间,青青只穿件贴身的 T 恤,盖着被子躺坐床上。眼神放空,灵魂神游。听见餐盘垒叠的脆音,如云目光舒缓飘向我和阿柳,隙开一缝沐浴春光的欣然微笑。

我低声问安娜:"她怎么样了?"

"刚吃过药。"

"抗抑郁的?"

她轻弱点头:"帮我们个忙。"

"你说。"阿柳拿着酒瓶,我则端着餐盘。

"帮我们把车开回成都,地址我一会微信你。明早我和青青坐大巴回去。"

"我们送你俩回吧。"

"不用。她现在的状态,周围人少些可能会好点。"

"也行……"阿柳说,"大巴一大早就发车,你赶紧休息了,有什么需要随时叫我们。"

"叶叔叔……"青青拖拉着嗓音叫住阿柳,"我想你、陪我。"

什么状况?

我与阿柳、安娜面面相觑。

"我想和叶叔叔聊聊天,只有我和叶叔叔两个人的聊天。"青青用撒娇的语声请求。

阿柳寻求安娜的意见。

"陪她聊聊吧,但你别趁人之危啊。"安娜皱眉警示阿柳。

"放心,我又不是佳杰兄。"他将酒瓶交给安娜。

"你暂时去我们房间坐坐吧。"我雕塑一个予人信任的微笑。

"所以你该注意自己的安全了。"

"打你狗日的乱说话。"我瞪眼阿柳。

"好。"她像看了场拙劣的二人转,施舍轻蔑的微笑。摇晃尚未动过的红酒,"喝了呗。"

求之不得。

阿柳与青青.阿柳视角

他俩出去后,我浅坐青青腿边。

"想聊什么?"

"我想问问你,"她上翘的嘴角是刻意伪装的轻松,或许药物的原因,语速放慢半拍,"已婚男人出轨是什么心态?"

我将下巴的皮肉挤在一起思忖几秒:"要看出轨的对象,具体问题具体分析。"

"怎么讲?"

"至少有几种状态吧。一,追求肉欲。二,追寻记忆或者说情怀。三,追寻真爱。后两个差不多可以归为同类项。"

"你是第几种?"

"嗯……挺复杂。"我蹬掉红麂皮的 NB,将腿收上床,"我有个小女友,比我小很多。"

她莞尔:"哈,我就知道你有出轨。"

"为什么?"

"婚后出轨的男人,会把荷尔蒙写在脸上的,清清楚楚。"

"你就直接夸我帅嘛。"

她从被子里伸出腿踢我:"接着讲。"

"但我和小女友保持了一份距离,没有上床。"

她虚眼。

"真的,没骗你。她还是处女,第一次给已婚男人的话,对她不好。"

"她知道你已婚吗?"

"知道的。"胃胀气,唾液涌满口腔。

"如果她知道了还愿意和你在一起的话就没什么关系啊,"她瘪嘴,"我和男友上床后,才知道他已婚的。"

"算了吧,她是小孩子不懂事。"我将垃圾桶拖到面前,吐掉刚涌满口的唾液,用纸擦干净嘴,"如果不是处女的话可能我觉得没什么,但毕竟是第一次,还是和她正儿八经的男朋友体会吧。"

"如果我告诉你,我的第一次就是给我男友,即一个已婚男人的喃?"

暖空气一般的沉默浮在我们头顶之上。

"骗你的。"

"哦。"但我并不认为那一定是假话。

"那你和她在一起是追寻情怀咯?她像你曾经喜欢的人?"

"喜欢过的人和她一点也不像。"我拄头侧卧,脑浆被人晃荡般在头盖骨里左右摇摆,"是通过她体会已经找不回的青春吧。"

"对了诶,"她语速逐渐恢复常态,"你说看到我会想起前女友,给我讲讲吧。"

"要用你的什么东西来换我的故事。"

"已经给过你袜子了,还要内裤吗?"她笑颜如猫。

"答应我件事。"我俩双眸互映,"爱惜自己。"

她眼里闪过一丝光,继而均匀拉扯嘴角:"好。"

于是我给她讲了与杰共同追求阿婵的往事。

"哈,想起首很老的歌。名字忘了,但能唱一点。"她哼起那首我很熟悉的歌:

　　左手写他
　　右手写着爱
　　紧握的双手
　　模糊的悲哀
　　我的决定
　　会有怎样的伤害
　　面对着爱人和朋友
　　哪一个我该放开
　　……

"是《左右为难》,张学友和郑中基合唱的。"我抹把脸,"这么老的歌,难得你知道。"

"你为什么和她分手?"

这是我不愿向旁人提及的隐秘。我完全可以瞎编个理由糊弄过去,可面对此刻的青青,以及酒精催化下晕乎乎的状态,我打开心扉。

"她是同性恋。"

"啊?"

"她和她大学同寝的一个女同学有着超友谊的关系。"双眼干涉发痛,"那个女同学是同性恋,起初她并不知道。她俩关系很亲密,可以一起洗澡,搂着睡一张床……"

"我和安娜也可以,"她吐舌,"但我们可不是蕾丝边。不知道以后会不会变成那样。"言毕笑笑。

我接着讲述:"有一天她俩在外参加朋友聚会,都喝了酒。她同学自己有套房子,就回她家里住。她们像往常一样一起洗澡,睡一张床。然后女同学问,来不来玩女女游戏。她以为开玩笑,就说好呀。于是从

067

接吻开始,发生了女女之间的关系。

"之后她有些错乱,但并不反感这种女女关系,尽管她此前的爱慕对象都是男性。恍惚间,不知道自己是不是个潜在的同性恋。没过多久,认识了我和杰。我们同时追求她。杰不是比我早带她去开房吗?她当时没和杰做,叫杰等等她,让她理清楚到底喜欢谁。杰以为她是心里牵挂着我,可事实是……后来,同样的情况又发生在我和她之间。不过那次她明确的给我说,让她在我与女同学之间好好考虑考虑。我才知道她有同性恋的倾向。再后来,她选择了女同学,我们分手了。具体的原因,我没告诉杰。这么多年了,你是第一个知道内情的人。就这样。"

沉默的暖空气飘到了天花板,我的心绪随之被拉回数年前分手后的那段时间。风吹,雨落。站在街头,伫立巷尾。被雨水浸泡,被烈阳炙烤。一遍一遍听着周杰伦的《轨迹》,一层一层沦陷空落落的情感废墟之中。耳畔、周遭、每个毛孔,反复吟唱,不断念诵抽取我灵魂的歌:

　　怎么隐藏
　　我的悲伤
　　失去你的地方
　　你的发香
　　散得匆忙
　　我已经跟不上

……

几秒后,压抑的回忆被她一声叹息吹到海外天边。
"小青青又出现了。"
我左顾右盼:"什么鬼?"
"你看不到的。"

"好吧……她在哪里?"

"我右手边。"

我觑眼她右手边,又将注意力移到她身上。

"你知道她要我做什么吗?"

"什么?"我已了然几许。

"和我做爱。"

她脱去T恤,只穿着内衣裤从被窝里爬出,紧紧抱住我:

"让我感受这个世界的真实。"

我回拥她。青青长发的香味窜进鼻腔,无比清晰,又虚妄得梦幻。然而从胃袋汹涌至喉管的温热酸腐,让我推开青青飞奔向厕所。

安娜与杰 2. 安娜视角

心情极差。

大口吞咽红酒,快速抖着腿。

难以理解青青的自弃,难以释怀她对我的隐瞒。形同遭遇背叛的恶心愤怒。

"安啦。"

"就在你面前还叫我干吗?"想拿杰出气,狠狠踢他老二,再用酒瓶砸脑袋。

"不是叫你,我是说'安啦',放轻松,不要这么气呼呼的。"

"如果你的密友,比如叶柳,瞒着你这么大的事,然后没有预兆地突然爆发,你会怎么想?"我给自己续上大杯红酒。

"每个人都有隐私,何必非要把什么都给我说。"

话虽不假,道理谁都懂,只是难自控。

"你有什么隐私没对人说的?"

"多了去。"杰站起身,松裤子。

"你干吗?"我X,不会要露鸟吧?!

"别紧张。"他看出我心思的笑,"喝多了,肚子胀,解下皮带。"随后补充,"你想看的话,我不介意献身。"

"变态,谁想看你那东西啊。"我灌酒压惊,将腿收上床抱住。

"其实我没有十八公分。"

"我也没信。"

"而且有时候会莫名其妙的阳痿。"

"哦?"

"所以你放心,就算我有心,可能也无力。"他坐回自己的床边。

"为什么给我讲?"

"你不是问我会隐瞒什么隐私嘛,这就是咯。"

"我对你的事没兴趣。"貌似威猛的男人,居然自言阳痿。

"没事,我也就随口一说,你当酒话听。顺便解除对我的戒心。"

"就算你不阳痿,也不会和你怎么样。"我注意力不自觉集中向他的裤裆,"不过为什么? 你玩太多了?"

"怎么会,没那么风流。"杰的坏笑,有份吸引异性的魅力,"精神上的原因吧。每当我有机会和其他女孩怎么样时,脑海里会触电般闪过女友的身影。于是本来坚挺的东西,就乖乖地软了下去。"

"说明你很爱她。"

"自己选择的女人,怎么会不爱。别不信,我骨子里是个传统的人。谈恋爱也好,决定结婚也好,必须承担起该有的责任,当然包括忠诚。"

我闻言无语。作为有妇之夫的情人,有何资格与其谈论忠诚及婚姻的话题。

"我是小三,你怎么看?"

"哪怕不举,也想看你裸体的那种看。"

我笑:"这算夸我吗?"

"当然。"他用透过光线品鉴高脚杯中红酒的眼神看着我,"我相信你是因为爱情。"

"因为爱情,不会轻易悲伤。"我唱着回应他。

"所以一切都是幸福的模样。"他亦唱答。

相视欢颜。

"那么爱情是什么?"

"是一种想到他/她就会感到快乐的力量。"这是李奇告诉我的话。

"你快乐吗?"

"至少和他一起时是快乐的。"

"虽然不知道具体情况,但我还是建议你,婚外情、第三者,早断早了。"

"我不需要说教。"

"我也没站在什么社会风俗道德的角度来谈论第三者的问题。我只是站在你的角度,你安娜对待感情的角度,你安娜在这段感情是否能获得真正快乐的角度。"

"或许某一天痛得感受不到丝毫快乐时,我会断的。"

"好,"他端起酒杯,"祝愿那天早点到来。"

再无酒可喝,亦无需再喝。我飘荡在醉与沉睡的边缘,大脑被冻住般凝滞。因此之故,似乎能些微理解青青的自弃。

"差不多了,该回我自己的房间了。"

"阿柳还没回来,你说他俩会不会在做什么不可描述的事?"

"叶柳不是那种人吧……"

"我是怕你家青青生扑他。"

不是无此可能。

"探探呗。"

我俩轻手轻脚打开房门,将耳朵贴到阿柳与青青同处一室的门上。

"我 X,怎么没动静啊?"我压低嗓子问杰。

"难道消了音在做爱?"

"那也总得有床的吱呀声吧。"

071

"敲门算了。"

"别,"我拉住他的手,又放开,"如果真发生什么不可描述的事就随他们去吧。今晚我睡你们房间。"

"那我喃?"

"一起睡啊。"表达不妥,赶忙补充,"有两张床,各睡各的。"

"不防备我啦?"

"你一阳痿男,我还防你干吗?"

"万一雄起了喃?"

"那我一脚再让它痿下去。"

然后叶柳打开了门。

杰 VISION 3

兄弟,要不要这么耿直啊。

我眼神里的怨念足以杀死阿柳一百次。

"青青怎么样了?"安娜进门。

"睡着了。"衣衫齐整的阿柳说,脸颊与头发湿过水。"你也赶紧休息吧,我们不打扰了。"

他推我回自己房间。即便心有千千结,亦不得不结束在此。

"等一下。"安娜叫住我们,并示意阿柳稍作回避。

"我其实有件事对你隐瞒了。"迷蒙醉意,是她此刻最好的化妆品。

"那你现在讲咯。"

"安娜只是我的英文名,我真名叫陈可心。"

"知道。"

"?"

我笑:"房间登记时,偷看了你的身份证。"

她咬唇莞尔,拳敲我胸。有一刹那,我急欲抓住她的手,紧紧停留在心口。

"晚安。"她带着葡萄微甜的芬芳,掐灭才燃起的臆想。

门静悄悄闭合。

"不要发情了。"阿柳说,"赶紧回来睡,我很困很累。"

"你和青青做了啥子?"

"关你鸟事。"

真希望关我鸟事。

想象。

在另一个时空。

单身的邓佳杰与没有男友的陈可心在若尔盖相遇。

他说:"哇,你简直和我心中的女孩一模一样。"

她答:"遗憾,你不是我的菜。"

他拉起她的手:"谁要吃菜啊,我们都是肉食动物。"

然后他载着她,骑摩托车沿国道 217 一路向北。

两旁的青草忽然猛长,数不清的耀眼绿色纠缠凝结,旋转飞舞冲破天际。

夜空的繁星被风吹落,银与金的小圆球缓缓降下。他俩用手心、用鼻尖去迎接。它们一触即化,释放 37℃ 的香甜。

他闻到了牛奶混合栀子花的味道。

她却感觉是裹着孜然辣椒的五花肉爆出油的烧烤味。

两人谁也说服不了谁,吵到问候彼此的令堂。

这时从银河里飞来一艘发光的木船。木船停在他俩面前,船舱里有个长得像范伟的厨师在做拉面。

于是他俩登上船,你一口我一口亲亲热热的吃着同一碗拉面。

可终究这是另一个时空的故事。此处的现实是柏拉图式结尾。

"好梦。"

我对着门那侧的安娜说。对陈可心说。

柏拉图式结尾

从若尔盖回成都后的第四个月,安娜与男友分手。辞职旅行,开启新的生活。

第二年七月,青青结婚了。新郎是她男友。

差不多同一时间,杰与女友领了结婚证,筹备婚礼中。

阿柳和小女友分手了。他的生活,依旧得过且过。

在双廊杨丽萍艺术馆门前,安娜与邓佳时相遇。

不过是一场梦

1.

这是一张名片。

正面白色调为主,密密麻麻用中英双语叙述它应该承载的商务信息。背面则是大片蓝色,同样用双语缀满了它的服务和全球各大城市的网点分布。普普通通的式样,平平常常的印刷,乃至排版也无甚新意可讲。但它却有那么一个亮点,让我注目,长久将注意力停留其上。放在办公桌旁,时不时快速瞄几眼,脑海里扫过逝去的一些画面。

触动我的是印在名片正面左上角的一张半身照,女人相。像极了我逝去两年的女友。

她没死,只是在我的生活中逝去罢了。

名片上的女人是我在一次商务活动中认识的。

"你好,我是 Sophie 朱景琳,GD 的拓展经理,很高兴认识你。"

上乘的商务口音,透着外企员工良好的职业素养,笑得一如那照片般妩媚动人。随即微微欠身,双手递上名片。我礼节性回应,交换我的名片。简短寒暄,然后就没有然后了。

若论外貌、谈吐、身材,二人毫无相似性。一身藏青色职业装的她,穿着双薄得透明的黑丝袜,像覆盖紧致双腿的另一层皮肤。她也会穿职业装,但却是明亮许多的藏红色。灰色丝袜下的双腿是纤细的,脚腕

075

较之于她亦柔弱几分。她是健康充满活力的,而她是迎风招展的。风送来她的清香,是令我勃起的疯狂。她是栗色的,她却是白色的。瓷白的皮肤、温软的小腹曾淌下我的汗水,是爱的印记挥洒出的画幅。只因为那齐耳的短发、一样的脸型和雷同的玛瑙红质地眼镜,她们是相似的。影像在视网膜上重合,DÉJÀ VU 在脑海里跌宕。

记忆是湿润的,伴着热辣的无风炎夏。一切在温吞,一切在窒息。熟悉的街道,熟悉的她,挽着陌生的男人。她看见了我,0.1秒的时间由惊慌转化为逃避,再切换到无所谓。

"所以,你已经有新男友了。"

她将他挽得更紧。以男人的眼光看男人,这家伙长得不错,个子也比我高半个头,目测达到185公分。此刻他面带微笑的看着我,轻道一句"你好",轻得通过读唇才知道他说的内容。这笑并不令我厌烦,没有掺杂挑衅,反多了份歉意的尴尬。我内心剧本里的拳头招呼,被他的温润绵软化解。

"我们不是早就结束了吗?"

"哦。"我挠鼻梁与眼角之间的区域,虽然并没有不适感。

她挽着新男友走开,没有多余的话语,连擦肩的接触也不施舍。我原地呆立。人群如水,从潮湿的皮肤间流过,直到喉管传来炙烤般的干燥,我才挪动缓慢的脚步,以往日的拖移前行。

此后便再没有来自她的一手消息。关于她的所有俨然都成了尘土覆盖的过去。

"上帝给予我们大脑,就是为了让记忆逐渐被遗忘。"

德国某位先哲和神秘主义者如此说道。

直至审视名片上朱景琳照片的那一刻,许多以为遗忘的记忆便再次鲜活被激起。

大学校园里一次一次的不期而遇,眼神交汇之后的迅速游移;

鼓起勇气后的第一次搭讪,她脸红得恰如她的连衣裙。我的心也快挣脱肉体束缚带着血肉赤裸裸跳她面前;

第一次的牵手,是在晚餐后的漫步。我们贴着走,两手不断触碰。终于我带着略微的颤抖牵起了她柔滑似酥的手;

第一次的接吻,是在虫鸣四起的深夜足球场。我们坐观众席上瞎聊,热恋的人有无穷的话语,能把一件事一句话反复提起而不生厌倦。

"你渴了吗?"

她点头。

"我也是。"

于是两张并不干涩的嘴唇贴在一起。周遭随即一片洪荒,星辰旋转划落。妖妖的极光漫天喧嚣,诡异的黑洞吸走了所有不安;

第一次的交融,她淌下落红泪。我紧紧抱着她,像抱住了全世界。我是出征恶魔之城的骑士,对爱人许下庄重的承诺。屠魔成功之日,即是你我大婚之时……

哈,多么单纯美好的过去。

2.

"所以你和我上床时会想起她?"睡在我身旁叫 Sophie 朱景琳的姑娘说,然后其实有然后。午后阳光穿过清漫的纱窗,带着和悦的情绪溜进酒店钟点房。

我找不出足够的动机来阐释为什么会对她讲起前任,但我实实在在将与前女友的故事和盘托出,就像喝高的酒鬼忍不住呕吐一般。我毫不回避她产生情愫的根源。或许多数女人会为此大动肝火,然而 Sophie 的表现却平静得就是听了一个别人的故事。

"说真的,我一点也不会吃醋,更不会怪你把我当成她的替身。"Sophie 用做柔软体操般的姿态穿起咖啡色开裆丝袜。穿好之后,再未添加任何衣装。即是说,除了丝袜,她仍旧一丝不挂。这场景完全不是事后的结束,而是为了下一场的亲密做前戏的诱惑。果然,她踢开我遮身的被子,用那精灵般的脚拨弄我的野兽。我们深吻,开始下半场。

半小时后,我俩枕着一个枕头,轮流抽起同一支烟。冷气机悄无声息将喷在半空的烟雾撕裂无形。

"我做了一个梦。"我说,"就在得知她结婚后。"

"哦,"她打断,"不是没来往了吗?怎么知道她结婚的?她送请柬给你了?"

"怎么会。"我拿过她嘴里的烟,浅拔一口,用力吐向半空,看它被冷气瞬间粉碎,"我们共同的朋友告诉我的。我当然没去。"

"去了就有意思了,会不会学《毕业生》里的达斯丁·霍夫曼?"

"不会。"我严肃沉思片刻,确实不会。"继续说那个梦。"

"好。"

我梦见与她漫步街头,建立恋爱关系前时那样的贴身漫步。她还是现在的她,并未回到学生时代的模样,我亦然。梦里的我穿着深蓝色阿玛尼西服,下身是条修身牛仔裤配褐色CLARKS沙漠靴。不要问我为什么知道穿戴的品牌,我就是知道。而她依旧是我们分手时的模样,未施粉黛,穿着格纹裤和小皮靴,脚脖子露出黑色的棉袜,上身套一件质地柔软的春装卫衣。清爽如昔。

"你变帅了。"梦里的她说,"脸瘦了。"说罢双手摸我脸,"打了瘦脸针吧?"

我微笑着抓住她的手,柔滑依旧,些微冰凉。

"你好吗?"我问。

"不好。"她说。来不及等我问为什么,她反问我,"听说你过得不错,出版了小说,挣了不少钱。"

于是梦里的我在心里想,是啊,挣了一百多万哩。

"真是奇怪的梦,我为什么会认为自己写小说能挣一百多万喃?"我问Sophie,她嘴角上翘将烟头碾死在床头柜的烟灰缸里。

我继续讲述那个梦。梦里的她忽然脸色落寞起来,用近乎呢喃的语调幽幽说道:"我就过得不好了,离了婚,自己一个人过得孤苦伶仃的。"

一股沉重的怜悯压得心口喘不过气,我能感受到躺在床上的我正凶猛喘气。我急欲将话倾吐而出,想抱着她对她说,我不光靠小说挣了那么多钱,我还中了彩票,买了豪车大房子做了投资后,现金都有两百多万。

"奇怪,为什么还要补充说明我中彩票的幸运喃?"我又征询答案似的问 Sophie,她用出声的笑回应。笑过后见我停止了下文,便问:"然后喃?"

"然后我就醒了。"

"没抱她?"

"没有。"我仔细回忆,确实没有,"抱的话,可能就会朝春梦的方向发展了。"

"所以挺遗憾。"

"是啊,为此遗憾得醒来后想着她自慰来着。"

她彻底大笑起来。

"关于做梦,经典的解释是补偿。梦境是对现实生活不满足的补偿,一种自我调节机制。"Sophie 坐起身,将枕头拉成靠垫,"因此这只是你的期望,也看得出你还爱她。"

"是也不是。说是,是因为毕竟在一起生活了五年,分手快两年了,偶尔还是会梦见她。说不是,是因为我早已趟过了失恋的坏心情,鼓足干劲迎接新生活。"我看着她黑幽幽的双眸。

她微微别过头,左手轻拍我脸:"别看着我,我们顶多算性情之交。"

"万一日久生情了?"

她紧缩双唇好看一笑,留下一个似是而非的无声回答。

"其实,关于梦,还有个解读。有预见未来的可能。"Sophie 又点起一支细细长长的女士烟,"所以,说不定你的那个梦是有可能发生的,是

079

未来的场景在现在的投射。"

"嗯,我还梦见过骑士队拿了今年的总冠军,在季后赛开打前。"说完我觑眼表,现在是 2015 年 6 月 16 日星期二下午 3 点 35 分,骑士队总比分 2:3 落后,且伤兵满营,靠詹姆斯一人逆天表现支撑球队。6 月 17 日将打响生死战,前景不乐观,完全就是没有前景。

"如果骑士队能拿下总冠军,我愿意相信那个梦。"

"这么说你并不期待梦中的场景成为现实?"

"也不是不期待,但说实话,相比假设我和她重归于好,我更希望她能幸福安稳的过好她自己的婚姻生活。"

"爱一个人就是希望她过得更好。"Sophie 吐出一阵带着薄荷香味的烟雾,"俗气。"

我笑了笑:"那么,什么才是不俗气?"

她左右手臂轻微交叠:"我也有个关于梦的故事,不妨和你分享……"

3.

Sophie 在大学二年级时,不可遏制地喜欢上她的学长。或者更准确的说,这是自她 9 岁起便埋下的萌芽于 20 岁时的绽放。

"我从小就喜欢郑伊健。"

"所以他长得像郑伊健?"我想象郑伊健站在 Sophie 身旁的画面。

她轻笑点头,继续回忆。那位学长除了比郑伊健清瘦,无论发型还是五官,都充满了他的气质。加上弹得一手好吉他,歌唱得也不错,自然不乏爱慕者。Sophie 只是众多花痴中的一位,并且,那时她有一名已交往一年的男友。

"人就是这么奇怪,为什么已经有了喜欢的人,但偏偏还是不能抑制住喜欢其他人喃?"她看着我说,"曾以为只有你们男人是这么不满足,没想到遇见了那个人自己也一样。"

男友虽然比不上郑伊健的帅气,但论外貌,亦不落多少下风。作为篮球特长生,1米86的身高,90公斤的体重,是校队的王牌控卫和头号得分手。男友对她呵护有加,20公分的身高落差,是羡煞校园的情侣组合。简单说来,Sophie找不出男友的半点不是。若非要在鸡蛋里挑骨头,恐怕只能说他太迁就她,对她的任何要求皆言听计从,缺乏自己的个性。

"难道不好吗?"我咬嘴唇,自己何尝不是这样对待前女友?

"当然好啦,只是当时不懂事。用现在的话来说,就是作。"她靠床坐得更高了,"或许可以这样解释,人是需要比较的。吃惯了糖,也就不珍视糖的滋味。搭配点苦,才晓得还是糖好。"

心里装着一个人,手里牵着另一个人是难受的。当Sophie和男友逛街时,她会看着男友勾勒学长的身影,想象和他在一起的感觉。他的手软吗?既然弹吉他,肯定手指有不少老茧吧。他今天会穿那件白衬衣吗?那件白得发灰的亚麻质地微皱衬衣穿在他身上很有波西米亚的味道。说到味道,他身上会是什么气味?洗衣液?香水?或者就是单纯的男人味?当Sophie和男友吃饭时,会假设学长的口味。他喜欢吃土豆炖牛肉吗?他一个东北人吃得惯四川的辣吗?他喜欢甜食吗?当Sophie和男友做爱时,她更会去思念学长,闭上眼睛,通过男友的肉体去触摸学长……

比心里装着一个人,手里牵着另一个人更难受的,是知道了那个人同样喜欢自己,而又不愿放下另一个人的手。

当她收到学长表白的短信时,血冲脑际的幸福感只维系了半分钟,便被男友阳光的笑引发一阵心悸。

"怎么了?"男友看出她的慌张。

"没什么,突然不舒服……好像大姨妈来了。"

"那你还吃冷的!"男友一把将她手中的圣代收到自己跟前。

"我先回去了。"Sophie慌忙收拾,起身离座。

"好,走吧。"男友随之起身,想拉Sophie,却被她甩开。

"我想自己回去,不好意思。"

看出男友的疑惑和悻悻,她用一个吻弥补。

如果说方才是因为男友在身旁,所以不能释放激动的心情。那么回到寝室的 Sophie 便肆无忌惮地让心潮澎涌,信马由缰。恰巧室友都不在,她忍不住连连尖叫,趟床将学长的表白短信看了一遍又一遍:

你好。实在冒昧,我知道你有男友,但就是止不住的喜欢你。对不起,我只是想告诉你这个。

如此简单的 41 个字,飞扬少女心。她已然能把内容背诵下来,却并未回复学长。激动之后,理性重新占据心间,脑海里男友的形象浮现,男友的电话亦不期而至。她本不打算接听,但依男友的个性,必然会打个不停。

"喂……嗯,好多了……没啥就是肚子疼……不用,我想睡觉,晚点再联系。"

安抚完男友后,Sophie 泛起了困意,顷刻进入梦乡。

那是一个春意缠绵的梦。梦里是她朝思暮想的学长。梦里二人在云雾中翻滚,她紧紧抱住学长,感受着他的冲击。她时而以主观视觉切身体会,时而又化为第三者,观摩自己和学长的爱欲缠绵。也就在这一刻,她发现学长的背上——准确讲是两侧肩胛骨下——长有两颗对称的痣。那痣黑得发亮,亮得深幽,有着近似宝石般夺人心魄的光芒,是一片浓稠的蓝色海洋里刺目慑魂的黑珍珠,是一双天使混合魔鬼的眼。夸张得仿佛超越了主体而独立存在。第三者视觉的 Sophie 被这对黑痣深深吸引,浑然忘却了她与学长的交融。她时而看着这对黑痣,时而又与学长身下的自己眼神相汇,似乎透过眼神说着什么,而那什么又记忆不住,只能大概感受是一种心情。那什么心情,又难以用言语概括名状……伴随这份纠结,她缓缓醒来,发现内裤和床单如失禁般浸润,浑身也如刚从桑拿房走出般潮热。Sophie 慌忙将自己脱得精光,把一塌糊涂的内裤丢进垃圾桶,冲入浴室清醒降温。

这个梦到底想告诉我什么喃?为什么学长会有那对痣?他真有那对痣吗?

"是啊,他真有那对痣吗?"我问 Sophie。

她像一个饥肠辘辘且口袋空空的人想起了家里还有只烤鸭似的笑:"还以为你会追问我梦里的心情。"

"有没有痣是个客观的存在,比倏忽即逝的心情更好揣度。"我觑了眼自己小腹下的痣,"所以你事后证实了他的那对痣?"

差不多同样情结的梦,Sophie 至少做过 3 次。每次都在凝视那对痣中醒来,并伴随大量渗出的体液。她与学长开始了偷偷摸摸的交往。说来奇怪,明明是那么痴迷学长,相处时的感觉也很好,但就是无法与之亲密——在和男友分手之前。二人约会时连手都不曾牵过。每当学长激动难抑时,她便用那个理由断然拒绝——不行,我是有男朋友的,除非和他分手。

"那我等你。"学长恢复冷静,和她保持一份应有的身体距离。能控制好下半身的男人,更能把握好人生。

如此三人行大概纠结了半年,Sophie 和男友分手了,与学长正式在一起。情到深处,自然以身相许。尽管 Sophie 和篮球队的男友有着无数次的云雨,高中时也与初恋男友有过体验,但面对学长的胴体时,她竟然惊惶如初。身体跟着颤抖起来,四肢僵硬不堪,脱了一半的衣服竟无法再往下褪。

学长看出了她的紧张,用亲吻去缓解,为她除去剩余的衣衫。徜徉学长的温柔中,Sophie 好歹止住了颤抖,她微微闭眼,迎接二人第一次的水乳交融。然而就在这刻,那个令她湿润潮涌的梦过电般进入脑海,莫名心悸遍布全身每一个毛孔,背脊爬出一条毛虫,并不断往头皮、双肩蔓延侵蚀。她猛然坐起身,直视学长,用带着干哑的嗓音忐忑问道:

"你背上有痣吗?"

"啥?"学长用看见了扮演拙劣的火星人的眼神盯着她。

"两侧肩胛骨下的痣,很大很亮的痣。"

"没有。"几乎不用思考,学长脱口而出。转过身,将背展露于Sophie眼前,"看吧,光洁着喃,没有痣,也没有疤。"

像是按下了off键,诡异的黑洞出现,吸走Sophie所有的激情。她中止了亲密,快速穿好衣物,离开房间,留下不明就里的学长。此后,无论学长温柔也好,纠缠也罢,Sophie对他再也泛不起一丝堪称喜欢的情愫。渐渐的,也就淡了。和前男友亦缘尽,即便他曾认真提出过复合。随着毕业,天各一方,这些校园故事就此画上句号。Sophie此后也未开展新的恋情,比较男女之事,她似乎更想追寻梦中那份无可名状的心情。它到底是什么?为什么会让我如此失态?奇怪的是,那个梦再未出现过。而那份心情,在与不同男人的交融中,偶尔会浮现心间。如窗前不期然停留的小鸟,似城市河流偶然略过水面的白鹭。

"那么,和我在一起的时候,会有那种心情吗?"我理所应当的问,却避免不了尴尬的回应。

"没有。"

"哦。"我理应伤感,哪怕片刻,但也没有。

"似乎,随着年龄的增长,我们身上的某些特质在消失,某些非天然的质地又在被添加。"

我想了想,说:"比如敏感、直觉在消退,迟钝和经验在增加。"

她笑:"大概是吧。"

"我好像略能体会你梦中的那份心情是什么了。"

"是什么?"

"难以名状,无法用语言来诠释。可能某天我做了那样的梦,会更加了解吧。"

我看着她俨然泛光的双眸,她不再用语言回应,抱着我的脑袋、仿佛抱着一颗篮球般深吻、深吻、深吻……

4.

于是我醒来。

地铁里的吸血鬼

1.

她很漂亮。

刚进地铁我便注意到了她。说是末班车的福利也非言过其辞。为开会至深夜的我带来类似冬日晨间热咖啡般的宽慰。

我对女人的审美是从下到上。即是说,相较于多数地球男性的第一聚焦点是脸与胸部,我偏爱先看脚。

脚是女人第二张脸,鞋是她们的第二套衣服。

看她穿何种鞋,即可大概读出她的性格、偏好、生活背景等等信息。

比如,爱穿球鞋的女生显然更追求舒适,如果再搭配双可爱的棉袜,约摸可以判断她骨子里有一颗长不大的少女心。但球鞋配肉色短丝袜,那多半便是品位问题了。可若换做黑色或深灰色长丝袜,却会变得与众不凡。恰如将 chanel 的 logo 镶嵌在普通女包上,哪怕是只超市购物袋,亦有着化腐朽为神奇的点石成金之妙。

若为小跟或平底单鞋,我们惯常所见的搭配是赤脚及丝袜,也有不少隐形船袜,但穿着色彩艳丽的棉袜去驾驭,想必内心甚为强大。

最迷人的高跟鞋当然需要重点渲染。它与现代女性的结合,仿若古代蒙面女侠及其手中的利剑,危险又性感。那高高拱起的脚背闪耀着孤傲的光洁,明薄皮肤下沁出的桃色与青色的血管,是一根根索命的飞绳,直射男人心房。鞋口若隐若现的趾缝,是女侠轻薄面纱的欲盖弥彰。当似剑细跟随着步伐的拖移与地面叩击出声声脆响,心脏为之而悸动,血脉因其而偾张。

此刻,印入我视网膜的,是一双裸色小跟鞋配红色点状花纹棉袜。鞋头精巧的蝴蝶结有着菲拉格慕的基因。棉袜懒洋洋套在粗细合适的脚脖子上,恰似疲劳一天的上班族,打开房门便将自己瘫软地扔进柔松的床垫里。也像逐渐融化的桃味与草莓味混合的冰淇淋。于是我不禁舔了舔双唇。

视线顺着向上移,她穿了件质感偏厚、蕾丝纹理的粉色及膝套裙。有着安娜苏式的精致,但少了份高调的张扬。作为十月秋季来说,略感单薄。还好衣袖够长,盖住了小手臂,加之翻皮的酒红色大挎包以及整体打扮沁出的浓郁感,倒是给观摩人带来微微暖意,继而醇化成暧昧。

但她最令人眼前一亮的装扮,即便迷失在陌生城市的光怪陆离中亦能立马辨认出的,是头戴的花环。粉与红的花骨朵缠绕成一只咬尾蛇,在她亚金色长发深林中安眠。她恍如才从一个梦幻斑斓的山间舞会走出,尚未换下盛装,便急着回家一脚踏进了银白灰的地铁车厢。色调如此之冲突,俨然罗密欧和朱丽叶的家族。

我看着她,几近入迷。有种行为叫视奸。因而直至她身影完全占据我眼帘,直至我清晰嗅到她甜腻腻的香水味,我才意识到她已坐在了我身边。

奇怪。稀拉拉的车厢，明明有不少空位，为什么她偏偏要坐在我身边？难道是因为我帅？

"如果让我咬你一口的话，我可以把我的袜子脱下来送给你，还是热乎乎的哟。"女孩凑到我耳边轻轻说，语调和内容一般魅惑。

啥？

"如果让我喝饱你的血，我可以陪你一整晚，随便你做什么哟。"

啥？

"别奇怪，也别害怕，我是吸血鬼嘛。"言毕，她嗤嗤地笑。

这真是我听过的最宽慰人心的恐吓。

2.

我环顾车厢里的乘客，目力所及范围内，至少还有六七十位男男女女。地铁巡视员时不时穿梭其间，制服腰带里塞的大瓶装灭火器，让我联想到家里久不使用的灭害灵。不知道对付吸血鬼有没有作用。

"你是指那种吸血鬼？"我看着女孩的眼睛，瞳孔黑色的部分，无论范围还是色泽，都超出平均值。

"当然。"她的嘴唇有着果冻的剔透，倘若使用高速摄像机捕捉接吻的画面，能看到富有生命力的细微弹动像涟漪般漾开。

"可是一点也不像啊。"

"怎么不像？"

"没见过这么可爱的吸血鬼。"

她笑，露出马一般的白牙，那齐整又让人想到冰面，如果我有蚁人的战服，缩小后跳到上面可以滑起冰来。

"看吧，连尖牙也没有，一点不像吸血鬼。"我跟着笑了起来，拉起她的手，再将鼻尖凑到她脖颈，"热乎乎的，很健康哩。"我缩回脸，指着她的双眼，"眼珠也是黑色的。"

女孩笑得更欢畅了，背靠清冷的金属长椅，双手捂住脸，继而支起身。

"再看看。"

于是我看见了一双透出血红光泽的眼,红得就像失眠的人在浓黑夜里点燃的烟。

"还有这里。"女孩夸张咧嘴,方才明明还是齐整的皓齿,突兀长出两颗匕首般的尖牙。

我从座位弹起,躲到离她五米远的位置。

"回来。"

我木然不动。

"一、二……"

"三。"我回到她身边。根据《地球男性行为守则》,当一个女生对你数数时,你应当表示遵从。

"放心,我没恶意。就算吸血,也要征求到你同意,不会来强的。懂了?"随着她轻柔的话语,瞳孔和牙齿恢复到常人状态。

我呆然点头,觑眼站台指示灯,打算一到站便钻出车厢逃之夭夭。

"别急着走嘛,"她俨然读出我心思,"陪我坐到人民北路吧。"

和我的目的地一样。

3.

"吸血鬼小姐……"

"叫我露露。"

"露露小姐……"

"把'小姐'去掉。"

"……"

"怎么不说了?"

"忘了刚才想问什么了。"

她右手搭我左手,热乎乎叹出口气,手亦热乎乎的,手指甲染着与袜子同样的红色。

"现在做吸血鬼和以前不一样了。以前想吸血,随便找一个落单的人咬了就是。两颗尖牙刺进他的颈动脉,将血畅快吞下去,感受那股温热从口腔到喉管,再流到胃里肠子里蔓延全身,于是一下就暖和了。"

"没吸血之前很冷?"

"当然,吸血鬼都是僵尸嘛。那种寒冷,好比在西伯利亚的雪地里脱得精光然后跳进冰湖。"

火星上的冬季也是非比寻常的冷。

"你怎么变成吸血鬼的?"

"家族遗传。我生下来就是吸血鬼,可不是那种半吊子被吸血鬼变成吸血鬼的人类。"

"了不得,很厉害。"

"怎么讲?"

"感觉像是贵族,不是暴发户。"

她咯咯的笑:"是嘛是嘛,我也是这样认为的。"她习惯性整理并没有歪的花环,"那么,你觉得我有多大?"

"C罩杯。"

"我问年纪。"

我收回想摸摸看的手,"尽管似乎只有20岁左右,但以吸血鬼的身份来说,肯定很老。"

"不错,回答准确。我长到了20岁,就选择不再成长,所以我是永远的20岁。"

"那么,你活了多少个20岁了?"

"7个多一点。"

"厉害。"其实算不上有多厉害,理所当然吧。"你们怎么处理被吸了血的人?"我更应关注这个问题。

"换做以前,直接把吸干血的人扭断脖子,然后滴上几滴化尸水,这个人便一溜烟的从此蒸发了。如果你看他还顺眼,可以咬开自己的手腕,喂他喝几口自己的血,把他变成吸血鬼。"她轻描淡写的讲起一个老生常谈的故事,"但现在不流行这么做了。"

"为什么?"

"时代在发展,人类社会在巨变,吸血鬼的世界也会跟着改变。所以我们现在也不住什么古堡,不穿什么斗篷,甚至都不躺棺材了。更不会轻易增加种族数量,不会为了吸血去杀人化尸。"

"那怎么吸血?"

"方法多着呢。"她从挎包里掏出手机,"比如在 MOMO 或者微信上晒出自己的照片,然后发几句'好寂寞啊'之类无病呻吟的感叹,自然会有成群的男人乃至女人找你搭讪瞎聊,然后约饭约什么。"

"所以你就把他们咔嚓了?"

"不会,我才说了现在不流行杀人吸血的,都是自愿。"

我恍然大悟:"就像你刚才问我的那样。"

"对啊。我只从一个人身上吸一点,类似吃饭吃个三五分饱,然后再从另外的人身上吸一点。既不影响被吸血人的生活,也能填饱肚子。上地铁之前,我就去见了一个 MOMO 聊天的朋友。"

"不怕他们泄露你的秘密?"

"不会。我们有很多方法叫他闭嘴。比如恐吓,说出去就干掉他之类的。还能利用上层力量进行干预,比如权力。"

"权力?"

"我们吸血鬼一族和人类共同生存这么多年,早就有大批成员进入社会高层,住别墅山庄或者豪华平层大宅,出行有豪车私人飞机游艇,干着人人羡慕的事业,掌握大笔大笔的财富。比如你知道的谁谁谁就是吸血鬼。即便混得一般的,也是你们惯常理解的富人贵人。我们族群有紧密的联系网络,谁有什么事,知会一句就可以摆平。所以,即便不怕死把我们捅出去,立马就会有大量你们人类的手段来搞定这些。"

比如删帖,比如屏蔽,比如"喝茶",比如各种死……

"而且,我这么漂亮,很多人低三下四的求我吸血,连我的洗脚水都喝得开心,所以你觉得我有什么必要用暴力吸血?"

言之有理。

"还可以找血库买血喝。"

"你喜欢吃剩饭吗?"她反问我。

"不喜欢。"

"那不就结了,"她说,"只有从人身体里现咬开的血,才是最美味的。"

我脖子俨然被咬了般发紧。

"偶尔我还是会怀念以前。"她托住自己精美得可以上医疗整形机构广告画面的下巴,目光放空,似乎真在追忆过往。

"怀念什么?"

"以前那种穿斗篷,住古堡,睡棺材,咔嚓人脖子的时代。有着古朴而庄严的仪式感。"

"仪式感?"

"这样说吧,好比基督徒吃饭前要祷告,和尚做早晚功一样,吸血鬼也有着一套严格的戒律和法则。"

"比如?"

"比如没有找到伴侣的男性吸血鬼只能喝18岁以上处女的血,女吸血鬼只能喝18岁以上处男的血。但是后来这种处男处女很难找了,所以这条戒律就被抛诸脑后了。"

以人类的标准来讲,我尚算处男。

"那你有伴侣了吗?"

"有,但我们半年多才见一次面。"

"长期分居对感情好吗?"

"对永生的吸血鬼来说,时间微不足道。腻久了容易审美疲劳,小别夫妻胜新婚嘛,而且为了生活,我们还要各自约人或者被约。"她朝我送秋波。

我咽下一口唾沫,到站显示提醒即将来到文殊坊,换言之,还有一站便是人民北路。

"放心吧,我在文殊坊就下车。"

"哦?"不知应该感到庆幸还是遗憾。

"文殊坊有个志愿者让我吸血。"

"是送他袜子的那种还是一整晚干什么都可以的那种?"

她露齿大笑,两颗尖牙微微突起,又收回去。

地铁降速,再停止。她起身。

"加个微信?"我问。

"不了。"她看向一旁甜美莞尔,"你和他们不一样,这点我十分清楚。"

我又咽下口唾沫,目送她粉与红的身影游走,如手捧一只锦鲤,将它放回河流。

4.

回到家,鲁鲁木已经卸去了人类的伪装,窝沙发里看电视。

"在看什么?"我问。

"《火星救援》,美国电影。"

"好看?"

"还行,对火星环境还原得比较准确。"

"很久没回火星了啊。"

"想家?"

"还好。"我脱去外套和西裤,换上家居服。

"不打算卸去伪装了?"

"我想习惯全天候的使用人类身体。"

"哦。"

"刚刚碰见吸血鬼了。"我尽量不落墨迹的说。

"你是指那种吸血鬼?"鲁鲁木黝黑的大眼闪烁一丝绿光,他兴奋时就这样。

"似乎她知道我不是人类。"

"她会把我们说出去吗?"

"可能会,也有可能不会。"

"那你应该干掉她。"

"我希望被她咬一口。"我回想她那红色点状花纹棉袜,"再被她深深地吸血。"于是她头戴花环的脸在脑海里越加清晰了。

怪癖、文身和空气

1.

所谓怪癖，是一种小众而孤独的嗜好。

最生活的例子，有人视臭豆腐为美味，有人却避之不及。爱吃臭豆腐之于避之不及者，便是一种怪癖。此外，据说将榴梿放进微波炉里热一下，有炖屎的体验。

似乎每人都有些许怪癖，并且某些怪癖和隐私紧密相关。如果你晒在阳台或走廊的丝袜、内衣裤莫名失踪，恭喜，你遇见了某类怪癖者。

而我的怪癖，是治疗失眠的方法相对特殊。

每当空虚似海无望无际的失眠侵蚀大脑，我会拿起电话找阿达。阿达是出租车司机，与人搭档，专职夜班。无论22点后的什么时间，但凡我失眠找到他，他总会载着我漫无目地游荡霓虹斑斓的夜幕之中。我蜷缩出租车后座，随车轮驱动，乘着路面的颠簸，听都市喧嚣未退的呼吸。周遭立现创世之景，上帝说"让他睡吧"，于是星辰刺破雾霭，月色温柔如丝，照我沉静入眠。

阿达是我的最佳失眠伴侣，是我荒芜精神的守夜人。我需要阿达，正如男士内裤裆部需要开个洞，可口可乐外包装是红色不是蓝色一般。当广袤的沙漠与海洋在我头脑里失控蔓延时，我抓起电话，抓住那根稻草。

"阿达,我需要你。"

每当我向他求助,他总是给我信任的回复,就像拨打10086传来的是移动电脑语音而不是联通。他和他的车是我最舒适的床榻,我私人的行宫,我化身夜的总督,他是我忠诚的卫士长。我们一起巡礼光影霓裳的城市,将寂寥的繁华收纳进梦。

"抱歉,今晚来不了。"

总督的巡礼戛然而止,沙漠上空的太阳热辣几分,连骆驼亦停下了脚步。

"怎么回事?"

"重感冒,开不了车。"他强调所言非虚般咳嗽。

"那我怎么办?"海水逐渐没过头顶,"你知道,我不习惯其他司机的。"语声从水里传出。

"放心,我给你安排了一个,她绝对合你口味。"

如果我能在电话里听出她的性别,我宁愿裹着毛毯夹着拖鞋独自漫步也不会上车。

2.

红色野马炫耀性能般咆哮着停我面前。比这更惊艳的是,一副属于卡哇伊女孩的精致容颜搭配小男生发型伴随车灯射入眼帘。斑驳中,银色唇环含蓄地发出低调的魅影,似乎是为了衬托它装饰的丰盈嘴唇而自居幕后。青色牛仔服未遮住的皮肤,即便是在夜里,亦透着寒若冰霜的光洁。然而锁骨与细长脖子一侧羊皮卷的文身,又与这本该纯然的印象对立刺目。女孩年纪不大,20岁出头,眼神却比肉体多于世间生存了十年。它是成熟与叛逆的交融,是挑衅和温润的混搭。它让我好奇又排斥,让我想上车却犹豫。所以我用冠冕堂皇来寒暄。

"好车。"

女孩倒是分外干脆:"上来。"

如果忽略掉她喧嚣的文身,嗓音和相貌颇为般配,细腻柔和甜

<u>丝丝</u>。

"后面能睡?"

"车震都可以。"

我打开车门,将副驾位往前移,钻进后座。作为双门溜背设计的跑车而言,2015款野马的后座委实局促不堪,要想在这样的空间舒舒服服睡上一觉,除非我能将身形缩成金毛犬大小。她所谓的"车震都可以"是只会发生在霍比特人之间的特定行为。

"阿达告诉过你我的情况吧?"

"是啊,怎么了?"女孩回头看着我,从她眼神和唇角上翘的幅度,我清晰读出一份蓄意的揶揄。

"那你还开这车来?"

"没法,只有这车。"

我改坐副驾位,试着将背靠放平,徒劳无功。

"只能前后移动。"女孩说。

我把副驾位朝后调到极致,测试座椅弹性般使劲用背向下压。虽然不能使背靠改变角度,好歹能让腿舒舒服服伸直。

"好了吗?"女孩用看撒气小男孩的眼神看着我。

我勉强挤出一个OK的微笑,用毛毯盖住身子,拉到喉结处。

"安全带。"

我套好安全带。

"开走了啊。"

"你知道去哪儿?"我试探性的问。

"阿达吩咐过,没有什么明确的目的地,只需要载着你在城市里绕圈子,听你打起惬意的呼噜来,就可以把车随便停在一个什么地方,等你几个小时睡醒后再送你回家。"

准确无误。似乎我可以放心让她载着走。然而这只是一个无眠夜

097

的开始。

3.

尽管我并不期待2.3T排量的动力会多生猛,但在女孩的驾驭下,在深夜车流稀疏的道路中,这辆被她唤作"小红"的跑车不辱"野马"血脉传承。她时而深踩油门急加速,时而急点刹车转向换道。加之音响里轰鸣而来的金属摇滚,难称舒适的坐姿,我完全无法如常安睡。我向她抗议,不大的空间里,话语穿越了从太古到现代的漫长时空,才传来她淡然一笑的回应。

"放松啦,我这么做有原因的。"
"什么原因?难道不让我睡觉是一种治疗?"我将副驾位调至与她差不多平行的位置。
"没错,我确实是在帮你调整对付失眠的怪癖。"女孩放慢了车速,并切换歌曲,从一个喧嚣的极端到不仔细听便听不出旋律来的古典交响乐。我对此并无研究,所以无法告诉你放的是什么曲子,女孩倒是看出心思似的解惑。
"这是舒伯特的《鳟鱼五重奏》中最出名的第4乐章,很安神的。"
我搞不懂她想做什么,无话可答。如果30秒后依然是这种莫名其妙的氛围,我会下车。

"所谓怪癖,其实每个人可能都会有。"女孩说,"比如我,你也看到了,我有很多文身。"她拉起右手衣袖,露出小臂上的音符文身。又抬起左手,向我展示小臂内侧的带刺玫瑰文身。
"腿上还有,"她看着我双眼笑了笑,"小腿、大腿、脚踝、脚背……"
我顺着描述观察她的双腿,紧身皮裤修饰下,令苗条颀长多了份热辣的诱惑。赤脚穿双灰色麂皮豆豆鞋,踩油门的右脚皮肤露出一个不完整的粉桃色花朵图案。

"脚趾还有。"

"脚趾?"

"少见吧?很多人在中指或无名指上纹戒指,我却纹在左脚第二根脚趾上。"

"有什么意义吗?"

"当然。我的每一个文身背后都有一个故事。"

她降下车窗,抽出一根"万宝路"香烟含双唇之间。我的注意力不禁再次集中在她唇环上,那里绝对可以插进一根烟。目测她完全不用征求我的意见,直接将我坐车的目的打包至九霄云外。

"比如我左上臂的文身,是个玉佩,纪念我去世的奶奶,因为她名字里有这个含义的字。右上臂是一只凤凰,象征不灭的希望和梦想。"

我穿透牛仔服去想象那两个图案。

女孩朝车窗外吐出一串烟雾,我拿过她的烟抽出一根。是万宝路的爆珠款,挤压过滤嘴里的小珠球,便能释放薄荷的清甜。

"男人还是少抽薄荷烟,杀精的。"她瞥我一眼笑了笑。

曾经何时,有个女孩亦不厌其烦地如此说我。我则诲人不倦的答复"吸烟都杀精"。就像此刻。

"那什么壮阳? 玛卡吗?"

"可能文身会让人在心理上起到壮阳的效果吧。"用她古铜色 ZIPPO 打火机点燃,我深拔一口,让混合火花温度的清爽充溢喉管。

她开怀大笑,唇环随之颤动。

"你没有文身吧?"

"没有。"

"可以试试。"

"如果有值得纪念的事……可能也不会试。"

"为什么?"

"怕痛。"

"总好过心痛吧。"

或许。

"人的身体只是一个躯壳,一个保护层而已,真正重要的是心。"女孩说,"心是什么？未必是心脏,更可能是空气,是这团空气的核心走向决定人的行为和品质。"

我听着有些费力:"那现在空气污染这么厉害,会不会导致大家的行为品质都跟着出问题？"

"难道不是？"

"照你这逻辑,吹电风扇也挺危险的。"

"是嘛是嘛。"她将烟灰抖向车窗外,这不是我欣赏的举动。

"车上不是有烟灰缸吗？"

"没事,空气会带走它们的。"说着,她又向车窗外抖掉星点烟灰,然后随风飘散,"你相信空气有记忆吗？"

"我相信在重要场合放屁会被空气记录下不好的回忆。"

她噗嗤一笑,以至于我把那声音当做了放屁。

"你挺有趣的,不应该有在车里才睡得着的怪癖。"

"也不是说必须只能在车里睡,只是有些心情涌上来,失眠的时候。"我挠右侧太阳穴上的头皮,那里有道5公分之长的疤痕,由于留着中长发,我不提及,别人自然看不到。

"和回忆有关,和空气有关。"她放慢车速,靠边停车。我们来到了三环外一处河滨公园,"下车透透气吧,反正你也睡不着了。"

4.

说是透气,不过为换个环境抽烟。我们坐街边公园长凳上,看暗夜的河流,脑补它的流动,描绘它应有的鱼。白天闲散飞掠的白鹭,这时该窝在河堤或者土坝什么地方的洞子里,神游丰收的旧梦。停靠街边的车里依旧放着古典乐,在少有人迹的此时此刻,连空灵这一形容词都变成了实实在在可以被看见的光景。

"聊聊你身体内的空气吧。"

"什么意思?"我问。

"就是记忆啊,为什么你会有这种怪癖的记忆,或者往事。"她觑眼我的左手,"以及那个尾戒的故事。"

我将左手裹进毛毯,此地无银三百两。

"果然,刚在车里的时候就觉得奇怪,那个尾戒不是男人戴的尾戒,更像是女人戴无名指或者中指上的戒指。"她化身名侦探柯南,"来嘛,把你身体里的空气吐出来。"

我假装咳嗽,决定迂回:"不如先聊聊你的怪癖,为什么这么爱文身,我再给你讲我的故事。"

"好啊,"她叼着烟说。

打火机在我手里,我替她点燃。总感觉那唇环和她不搭配。扣合打火机盖子,古铜色 ZIPPO 发出分外惬意的声响,比古典乐更普世的布道。

"我是跟着爷爷奶奶长大的。"女孩说,"我是留守儿童,我们家是农村人。爹妈在我很小的时候就到城市里打工了,留下我和爷爷奶奶在村子里生活。童年对爹妈的记忆,就是过年过节时,他们会为我买新衣服、玩具、零食之类的回来。听起来挺可怜吧?"

"有一点。"

"不过我倒没这么认为,回想起来,那时的我和爷爷奶奶生活得很好。由于在农村里长大,多了很多城市孩子没有的乐趣,当然从另一个角度来说,也少了许多。比如,我小时候不知道哆啦A梦,没看过什么《圣斗士》《七龙珠》之类的漫画……"

"等等,"我打断她,"你多少岁?"

她恶作剧的笑:"20啊。"

"怎么感觉你是'80后'的记忆嘛?"

"骗你的,我确实是'80后',86年的。"

尽管有心理准备,但我仍旧不免诧异:"完全看不出来。我以为你是'90后',92、93年的。"

"是嘛是嘛,装高中生都没压力。"

"高中生哪来这么多文身。"

"不良少女嘛。"

曾经有个很正经的姑娘,也对我说过这话。

"读完小学,爹妈就带我去城市和他们一起生活了。"女孩继续吐着她体内的空气,"爷爷奶奶那时身体还很好,他们习惯了农村的生活,不愿到城市去。逢年过节,我们会接他俩来城里住上一段时间,但他俩老是挂念家里养的鸡啊猪啊鹅啊什么的,还抱怨城市里的空气差,弄得爷爷老咳嗽,他有支气管炎,所以住不了多久便回去了。相比城市里钢筋水泥的楼房,他们宁愿回到农村低矮老旧的土屋木屋。那里有他们的生活,有他们的回忆。那里空气是有颜色的,按一年四季变化着。山泉、井水是甜的,连土都能闻出股生命的味道。屋子后面的竹林,即便炎夏,都有凉风徐徐吹来。哪怕酷暑8月,到了晚上也要盖着被子睡觉。他俩劈材喂家禽,照顾花花草草。从院子到家门口的石阶,是爷爷年轻时从山上打石头背下来铺的。院子里的那些核桃树,是奶奶年轻时种下的。我们从树上打下核桃果,把果子剖开晒干,吃自己种出来的核桃。养的鸡下蛋了,吃还沾着鸡屎热乎乎的蛋。鹅长肥了,做一大锅自己养的鹅做的肉汤,别提多香了。"

她望向远方,双眸俨然有星点在闪动。

"后来我逐渐长大,他俩逐渐变老。曾经健硕,80出头还能做农活的爷爷,老得路都走不了。奶奶在80大寿的第二年生病走了。那时的我,整天哭哭啼啼的,后来连哭的力气都没了,整个人感觉被抽光了空气……"

"泄了气的充气娃娃。"不知道我此时的玩笑话是否恰当,但我只想稍稍安慰她。她侧过脸陷入深思般盯着我,似笑非笑。

"对不起,我说错话了。"

她嘴角好看的上翘:"没有,我在想刚那个比喻真的挺恰当,确实就像泄了气的充气娃娃,行尸走肉好一阵子,什么都不想做,只觉得难过想哭,却连哭的力气都用光了。直到我做了一个梦。"她双眼凝视被云层遮蔽的城市上空,俨然在寻找闪烁的星。"梦见我奶奶,我们就像她在世时坐一起聊天。她听着,陪我笑。忽然她叹口气,对我说'妮子啊,你终究会长大,我和你爷爷终究会老去离去,生命就是这样,一代一代传承循环。有一天你也会老,你也会有你的孩子、孙子。你有你的生活,你要好好的过下去啊'。她说完,我就醒了。醒来后又不禁开始哭,本来已经流不出的泪,像憋了很久的尿,噗的一下全释放出来。

"神奇的是,那之后,我就度过了悲伤期。即便想起她来,心也不痛了。我觉得她其实没有离去,只要我一有'奶奶'这个概念,她的样子便腾的一下跳出脑海。我有个感觉,奶奶化作了空气,被我吸进身体里,和我融合了。伴随这个想法,我又突然萌发了文身的冲动,简直就像尿急了必须上厕所一样不能克制。第一个图案当然是奶奶,本打算文心脏那,但没找到满意的女文身师,又不想让男文身师占便宜,所以改在了左臂——那也是离心脏很近的位置。此后一发不可收,心情好了要去纹一个什么图案,心情差了也要去。这么着,现在身上大大小小13处文身。"

"13处……"我不禁咋舌,"脖子这里的是什么意思喃?"

"是一首英文诗的片段,My heart leaps up when I behold a rainbow in the sky,华兹华斯写的。"

"'当我看见天边的一道彩虹时,我的心不由跳了起来。'是这意思吧。"

"差不多。"她又轻声朗诵那句英文诗,"你不觉得,诗歌这东西,还是不要翻译的好。想真正感受它的意境,就只能用它写作的语言去体会。特别是我们的唐诗宋词。比如'此情可待成追忆,只是当时已惘然',仅仅'已惘然'三个字,就包含了多种情绪,你让英语怎么翻?"

同意。

"为爱情或者失恋文过身吗?"

她不屑一笑:"是有过为失恋文身的打算,只是一想到要把给我奶奶的待遇给一个不值得再在一起的人,太高抬她了。"

如果我能听出她的性别,我不会有后来的悲伤。

"我换了一种方式来排遣。"
"什么方式?"
她指指身后的车。
"哦,看来买买买果然是女性治疗失恋的最佳方式。"
"花光了我这些年来辛苦工作的所有积蓄。贷款五成,要还三成去了。不过生活嘛,潇洒一点,和身体里的空气是一个道理。吸进去的是什么,那什么就会决定你的行为和思想。如果不喜欢城市里被污染的空气,那就回农村吧。"
"如果不喜欢城市里被污染的空气,那就回农村吧。经你嘴里说出来,简直就像至理名言。"
"所以,你的空气是什么?"
我站在长凳上,深呼吸,屏气五秒后沉沉吐出。

My heart leaps up when I behold a rainbow in the sky

"好了,我想通了。"
"想通什么?"

此情可待成追忆,只是当时已惘然

"空气啊,不把旧的空气吐出来,是装不进新空气的。"我取下左手小拇指上的戒指,放右手心里掂量几秒后,将它丢进河中。划出应是美妙的弧线,听一声"咕咚"从遥远的过去穿越到美好的将来。在那期待的画面中,会有我,有女孩,有这红通通的野马,有农村里的山清水秀,有竹林微风和古旧温馨的土木小屋。

"不会再在车里找安眠了吧?"
我跳下长凳,拉她起身:"走啦,回去了。"

如果用偶像剧的画面来表达,此时应该给我拉起的她手一个大大的特写镜头,焦外是甜蜜的粉色与金色大光斑。华兹华斯和李商隐的诗句被改编成了爱的乐章,在"欧巴莎拉嘿呦"的氛围中浪漫吟唱……

5.

但正如此前所言,如果我能听出她的性别,我不会有后来的悲伤。
一个月后,深夜 11 点 35 分,我拿起手机,电话阿达……

恋爱中的火星人

1.

我恋爱了,和一位吸血鬼小姐。

看上去颇似男版《暮光之城》。若论区别,当然是有的。那是一道巨大的鸿沟,比张家界大峡谷有过之而无不及。

我是火星人,她是吸血鬼。爱让我们超越种族,横跨星际。

2.

地铁里的那次邂逅,为惊世奇缘做下铺垫。我难忘她的面孔,我预感命运会让我们再度相逢,不是在街角的咖啡店,就是在熟悉的那条街。阴雨绵绵的冬季,恍如设定的场景,太古里负一楼通向地铁的出入口。迎面交错的瞬间,她和我最近的距离只有零点零七公分,我每个神经元因她而过电颤动,背脊火速传来又冰又麻的酥冷,舌根干燥得像花了七天七夜才穿越沙漠的唐代胡商,腋下与手心乃至脚底却又湿如雨夜激战众敌的叶问。我吞下口唾沫,从脑洞里传来喷气机轰鸣而过的巨大声响。这宿命的刹那,我相信她是为我而生,我是因她而活。我不能抑制胸中的悸动,我要大声呼喊,抓住天注定的爱与诚。

"诶,又遇到你了。"反倒是她先停住脚步转身招呼了我。

"你是?"我竟然因她黑幽透亮的眼神拘谨起来。

"忘了?"她露齿一笑,向我展示蓄意突出的尖牙。

"哦,是吸血鬼小姐。"我鄙视自己的装。

"叫我露露。"

"露露你好。"

"一个人?"

"是啊。"

"我也是。"

说罢,她将脸颊两侧的长发整理至耳后,露出一对椭圆形的祖母绿宝石镶金边耳坠,与盛夏芳草般鲜亮的宽松毛衣分外协调。质地密实的象牙色毛呢短裙勉强遮住一点膝盖,同色调新百伦球鞋与圣诞气氛浓厚的绿红棋盘撞色长袜组成炫目的搭档,最后由亮白荔纹巴宝莉托特包点缀完美句号。

她赏心悦目,放肆散发危险的无法抗拒的美。

"喝杯咖啡?"她发出心跳的邀请。

我怎么可能拒绝。

做梦似的迷幻,那一刻后我们突如其然在一起了。回想起来,臆想般的不可思议,曼妙得天花乱坠。我问过露露我哪里吸引到了她,答案明确如我爱你就像爱人民币般诚实恳切。

"因为你是火星人啊。"她说,"火星人的血喝起来有股奶香味,和你呆萌的性格一样让我欲罢不能。"

我当然希望是性格吸引大于血液。

每次滚床单,兴至浓时她会将我脖子咬开两个小孔,喝下几口血,令我加倍疲惫。她要求我卸掉人类的伪装以本来面目坦然相对,我以入乡随俗为托词拒绝。虽然以火星人的标准衡量,我可以排进小区男神之列。但于心底,我不愿让她看到头大眼大四肢细弱肌肤光滑如海豚的那个本真的我,那个没有大屌的我。

"罗皮皮,我们吸血鬼一族对爱情可是很忠贞的哦。"滚完床单后,露露躺我八块腹肌的肚子上,心血来潮般聊到这个话题,"不会轻易和谁在一起,但只要在一起,也不会轻易分手,想分手会很麻烦。"

"那你怎么和前夫离婚的喃?"

"我杀了他啊。"

我背脊与头皮同时一阵过电麻。

她用笑声宽慰我的小心脏:"开你玩笑的,我没有杀死他。不过他要是缠着我不放的话我真会这样做。和他在一起的时间太久了,足足一百年。彼此早审美疲劳,即便五十年后我们半年才见一次。"她翻身盯着我,双眼化为妩媚的上玄月,"你不觉得半年才见一次的感情本身就有问题? 其实他身边也有了新的对象,我们在比赛谁先提离婚一样。那就正好咯。"

想到自己成了备胎,难免有些黯然。

"不过我是真心喜欢你的。"她察觉我的情绪波动,"见你的第一眼就发现你与众不同,所以才会主动搭讪——是女人主动向男人搭讪哦。"她纤细的右手指勾起我的下巴,"所以你要是敢背叛我的话,我立马杀了你。"

我吞下一口唾液,经过喉管时居然传来电锯的工作声:"吸干我的血吗?"

"不止。"她坐到我小腹上,"我还会砍掉你的脑袋和双手双脚,把你的肉切下来放进搅拌机里打碎,做成火星人饺子送给你父母。我说'叔叔阿姨好,我是罗皮皮的女朋友,他让我来给你们送饺子,地球上最美味的食品之一哦'。然后亲自下厨,给你父母煮好,端上来看着他们一口口吃掉。有意思吧?"她咯咯咯地笑了起来。

我吞下第二口唾液,竟听到绞肉机的回音。一想到自己的肉可能会变成饺子馅,决定今日全餐吃素。

"对了,"她滑坐我大腿,将她双脚搭我两肩,"我还没见过你父母喃。"

"他们在火星,"我摸她滑冷松软的小腿肚,"见他们干吗?"

"废话,"她用左脚拍我右脸,"要结婚当然得先见双方父母的。"

结婚?

"你不会怀了谁的孩子吧?"

她一脚踩我脸上:"我说了,我们吸血鬼对待感情是很认真的,一旦爱上对方,就要有结果。否则请你父母吃用你做的火星人饺子。"

这么着,双方父母要见面了。幸福来得太突然,火星人和吸血鬼即将组成家庭。

3.

家长见面被露露安排在丽丝卡尔顿酒店。据说其前身丽兹酒店的品牌特色便是浓郁的旧贵族气息,和吸血鬼蛮搭。

我们两家在空中大堂吧碰面。露露父母穿着考究的正装,一望即觉颇有派头。我猜那深蓝色西服是瓦伦迪诺,酒红色套裙应该出自菲拉格慕。露露的黑色丝绸晚礼服有种若明若暗的低调与克制。此外,若非事先告知这对男女即她双亲,放任何一个人眼里,他们仨就是年龄相差无几的朋友。比较起来,我的父母令我汗颜许多。周边的人不断往我们这桌瞧,哪怕高靠背的椅子也挡不住他们好奇八卦的目光,窃窃私语不绝于耳。

"爸妈,你们就不能换副人类伪装吗?"我实在难堪不已。

分明就是从《贵族大盗》片场走出的约翰尼·德普和格温妮丝·帕特洛相视一笑。

"来之前我和你妈补习了些地球的风俗,刚好罗卡卡在看《贵族大盗》,所以就做了这两副伪装。"德普摸着他的小胡子说。

还好我哥哥没有跟着来,不然会多位伊万·麦克格雷格。

"这样很好啊,能有如此迷人的亲家,真是我们的福气。"露露母说,

"来趟地球不容易吧。"

"也不算麻烦,半小时的旅程,如果坐高速飞行器,只消一两分钟。不过前几天才因为安全问题出了事,所以宁愿走慢一点的老路线。"格温妮丝微笑回应。

露露父为德普送上一瓶水晶质感的茅台酒,"请尝尝这个,地球上的中国白酒。正宗茅台超限量,一年只能做 88 瓶,每瓶都有黄金刻印的编号。"

德普接过酒,端详:"可以现在试试吗?"

"请便。"

德普打开盖吹瓶,酒方入口,被他夸张地喷了出来,洋洋洒洒喷了露露父脸一脸。

妈个X的,你能体会我的心情⋯⋯

"叔叔阿姨对不起,我爸没喝过烈酒。"我扯出一大把纸巾,想为露露父搽脸。纸巾被露露母接过。

"瓦鲁瓦鲁阿布四库(你个老白痴在干什么)?"我妈代我发火,她其实很少和我爸吵架,火星恩爱夫妻都不爱吵架,大不了一言不合开机器人对战咯。

德普猛喝柠檬水漱嘴,把水吐回我的空杯子里:"机密马路西夏西酷(那酒什么鬼东西)?帕托一米是苦诶答(一股猫尿味)⋯⋯"

"补其嗝(闭嘴)!"

"他俩聊什么?"露露母帮丈夫擦干脸后问我。

"火星话。夸叔叔阿姨帅气漂亮有品位,是他们见过的最好的地球人。"

"哦。"露露父好歹挤出一点"没关系,原谅你了"的假笑。

"对了亲家,听皮皮说你们不喜欢阳光,哦不四度罗哟亦(吸血鬼嘛),所以我们带了些小礼物。"我妈拿出一个名片大小的金属盒子,轻轻一点,盒子杂耍般分解打开,浮夸得尴尬。内装十二个金属小球。"这是夜幕球,只要你把这小东西往地面一砸,嘭的一声,我们身边的环境就会变成夜晚,有效时间12个小时。"

"高科技啊。"露露母表演痕迹十足地赞叹。

"我给亲家示范。"

经验告诉我,不要轻易相信我妈准备的礼物。她曾经从木星为我订了一只可当宠物养的迷你气旋怪作生日礼物,但下单的却是作为城管拆迁扫摊使用的暴恐气旋怪。生日宴会拆开那礼物后,小伙伴们再不敢来我家玩。

不幸的是,未待我叫停,格温妮丝已砸出一个球。我们身边环境瞬间煞白,阳光的味道充溢鼻腔,伴随我的惊慌,德普高声叫骂:"哦不其的哟,嘛里嘛里红(你个糊涂婆子,怎么带成了日光球,赶紧关掉)!"

我带着绝望的恐惧看向可能已石化的露露与其父母,三人面如死灰,用僵硬的目光勉强回应我。

"没关系,我们才做了强化皮肤保养,输了防晒液。据说可以抗15级紫外线,正好检验下。"

我已不敢揣度露露父是以何种心情发出此番劫后余生的颤抖感言,更不敢提醒他精致容颜上出现的数道裂缝。露露和她母亲已经暴露尖牙,如果下一秒她俩扑向我父母大口吸掉他们的血我亦毫不意外。

"不好意思,拿错东西了,我还有几样礼物,不会再弄错了。"

"停!别闹了!换地方聊!"

我厉声喝止格温妮丝,显然我们已经弄出很大动静,我和露露把聚会场所转移至酒店客房。

赶快结束吧,真是个噩梦。

4.

"那么,说说孩子们结婚的事吧。"露露父切入正题,"既然他们两情相悦,我们做父母的就尽量为孩子们安顿好相应的东西。"

"您是指结婚要置办的东西吧。"格温妮丝说,"我们火星的习俗是……"

"地球有地球的规矩,亲家可能不太知道呢。"露露母打断我妈,"我们地球的规矩,孩子们结婚是需要新房新车的,亲家在这方面有考虑吗?"

"罗皮皮现在不是有房子吗?"德普说。

"租的,套二的房子,此前是鲁鲁木和我一起住,后来我和露露谈恋爱,他就搬出去了。"鲁鲁木现今还无法接受我会找一个吸血鬼做女朋友。他认为这是件极不靠谱的事,担心我被露露吸干。尽管他已被其D罩杯的内衣模特女友吸干。

"结婚不能住租的房子。"露露父说,"露露嫁给火星人,对族人来说是一件非常震撼的事,排场绝对不能低。婚礼大办肯定免不了,到时候罗马利亚的远房亲戚都会过来。酒店里办一场,老家的古堡里办一场。火星也要办一场吧?"

德普和格温妮丝齐齐点头。

"想想挺紧张呢,我们还没出过球。"露露母掩嘴一笑。

"汽车的话,暂时没有必要换,就用露露的 MINI,但婚房必须买新的。"露露父说,"按地球的规矩,这个需要亲家你们来负担。"

"那就买吧。"德普瘪嘴,"买个什么房子喃?抱歉我对这个没啥概念。"

"我们都挑好了,"露露母从其挎包中拿出 iPad,打开相册,将图片展示给我们一家看,"银泰中心华悦府,顶跃带入户泳池,楼下就是修建中的城南中央公园。"

"挺不错……"

"这套也很好,阿玛尼公寓,全精装带阿玛尼家具,对面就是望江楼公园。"

"多少钱?"格温妮丝保持了一份家庭主妇对价格的敏感。

"三千万。"露露父说,随后补充,"人民币。"

"三千万人民币是多少火星币？"

"差不多一百万火星币吧。"我回答格温妮丝的问题。

"穷把西路康米妮达！"德普做作地抱头高呼。

"你爸爸说什么？"露露问我。

我凑到露露脸旁耳语："我去年买了个表。"

"那你怎么想的，火星人先生？"她笑盈盈地问我。

"干脆和我回火星吧。"我亦笑盈盈地回答。

"对，要不你们回火星吧。"德普听到了我们的对话，"我准备买下一颗小星球给你俩做婚房。"

"小星球？"露露父母惊讶不已。

"是啊，我们火星的习俗嘛。"格温妮丝接过话，"虽然没有多大，也就你们月球的一半的一半的一半的又一半。在 αγδ-5003αB25 星系，有虫洞和星际班车，交通很方便。买下来后，订做一套智能大气层，确保整年都是多云的阴天，这样你们白天出去玩也不会怕太阳。再劫持些地球人圈养起来，血源就不成问题了。我看皮皮最近气色不好，是不是露露……"

"没有，妈你想多了。"我握着露露的手微微紧了紧，示意她展示一个无辜的笑。

"哦，那就好。我们家皮皮小时候身体挺差的，抽血检查怕得要死。"格温妮丝拿出全息投影球，"来看看那里的状况吧。"顿时我们身处这颗小星球的环境中，5 分钟的沉浸式宣传片播完，周遭回复原状。"很棒吧？"

"不行！"露露母说，"我们只有这一个女儿，嫁去那么远的地方，以后我想见她都不方便。"

"对，还是在地球好。"露露父帮腔，"这星球奇奇怪怪的，我刚才看见了类似恐龙的动物。"

"那是巨恐兽，这颗星球的原住民，低级生物。喜欢的话可以当宠物养，不喜欢消灭掉就是。"德普说，"关键是，你猜这颗小星球才多少钱？"

"多少？"

"加装修算上做智能大气层才 30 万火星币！"

"也就是 900 万人民币的样子。"我为露露父母换算。

"所以你们觉得花 100 万火星币买套地球的小房子和花 30 万火星币买颗小星球，哪个划算？"

"这不是划不划算的问题，这是孩子们的婚姻大事。"露露母显然不同意德普的想法，"照我看，就买银泰或者阿玛尼公寓。"

"那让孩子们决定他们的婚姻大事吧，我们大人少在里面掺合。"德普摸着他嘴唇上的小胡须。

"怎么叫少掺合？我咋觉得这话有些瘆人？"露露母戴着微笑的面具，"刚才说罗皮皮气色不好也是，我咋觉得在怪我们女儿吸他血似的。"

"难道没有吗？我见我儿子第一眼就看到他脖子上的两个齿痕，你敢说你女儿没咬他？"格温妮丝拉开我的衣领，给露露父母展示证据。

"我们是吸血鬼嘛，再说这是孩子们的事，大人掺合什么？"

"这时候就叫大人不要掺合，那他们想在哪买房想住哪我们大人还掺合什么？"

"这不是大人掺合不掺合的问题，这是孩子的婚姻大事。"

"那让孩子们决定他们的婚姻大事吧，我们大人少在里面掺合。"

"怎么叫少掺合？我咋觉得这话有些瘆人？"

……

这么着，谈话变成了"从前有座山，山里有个庙"的无解循环。

5.

我和露露溜出房间，余下两对父母继续商量。

"结婚有这么麻烦吗？"我叹口气。

"结婚就是个麻烦事。"露露说，"我上一场婚姻足足折腾了三年。"

"早知道这么麻烦,就……"我意识到自己说错话,想吞回去已晚。我抱住脑袋,却没有预想中的拳脚落下,取而代之的是她纤细冰凉的双手捧起我的脸。

"罗皮皮,你爱我吗?"

"我会努力爱上你妈的。"

"现在不是开玩笑的时候。"她挤压我脸,我的嘴嘟成一颗桃心。

"爱,灰常爱。"

"爱到什么程度?"

"爱到你把我当火星人肉块榨血汁喝得干干净净也愿意的程度。"

她满意一笑,轻轻吻我。

"那就不要嫌结婚麻烦啦。"

"好。"我深拥她入怀。

十二月的冷夜,空气中都带着一股冰箱味,吸进肺里从内到外的冻人。但只要有一星半点含有露露的气息,整个世界便融化开来。零下二十度的冷柜,也化作了装有热腾腾孜然烤肉的微波炉。

是的,我就是这么爱着我的露露。

了却一段情

1.

"你朋友耍得咋样了？"

坐我对面的老程喝口豆浆，开始龙门阵下饭。

他是我领导，公司营销策划部总监。刚过而立之年，一米七七的身高，整体气质颇似《釜山行》里的男主角。身材健硕，穿衣显瘦脱衣有肉的时下爆款。为了一个大案子，带创意小组几名同事通宵完成套方案。走出写字楼时，天已发亮。觑眼手表，六点一刻，我们已经连续工作十多个小时。由于我和他住同一个方位，加之他没开车，于是邀请我一起步行。

"以前你没来时，我和另外一个同事，没开车的话，加完班就步行回家，边走边聊。"他磁性低沉的嗓音厮磨，随后兀自大笑，俨然加班过度后的亢奋延续，需要用步行排遣消解。

其实我更愿意直接打车回家，躺床上睡个昏天黑地，但他是领导，不便拒绝，只好同行。稀薄的晨光中，听他讲才完成的方案，骂要求苛刻又不专业的客户，揶揄甲方漂亮的女总监，同时又对高佣金满怀畅想。

如此絮絮叨叨走了半小时，他在一家面馆停步。

"他家的味道不错，我上中学时就常在这里吃。"

于是我俩进店,点好各自的面。店员送来豆浆,他开始了八卦。

"你朋友耍得咋样了?"

仙人板板,我就晓得他会问我这些。绰号"橙总"的老司机发动了汽车。

2.

之所以叫他"橙总",源自他的国际色情大嘴巴。不分对象,只要场合允许,便开始带头八卦,黄段子起飞。

比如,你们女生喜欢用螺纹还是浮点的套子?你女友技术咋样?"赤尾"的套子不错,强烈推荐……

传说他每到一家公司,必然会搞出些办公室桃色绯闻。逢聚会必喝酒,似醉非醉的他会抱着投缘的女同事亲吻,似是而非地发出开房的邀请。就算没有聚会,他也爱在自己办公室里关起门来,一面抽雪茄一面喝威士忌。无论此刻身处城市何地,都可以在他的电话里翻出各种娱乐联系方式。分明是比黄更浓重的橙,加之姓程,橙总橙总的绰号便在同事之间流传开。他本人知道后,亦不反感,甚至提议搞个"橙总说"的成人话题节目,在爱奇艺开个频道搞脱口秀。

当他问我"朋友耍得咋样了"时,必然会开始吹嘘其若干段亲身经历,彰显他的个人魅力,打击以我为代表的九零后还是嫩齿弱鸡。所以我该装逼地回答"非常好,爱得不得了,下不了床的那种",但事实是,当然没到那一步。

"不会吧,九零后的妹子不是很开放嘛,难道你和她还是处?"

令堂的,老司机嘴里蹦不出好话。

"怎么会,只是想节奏慢一点,感情长一点。"

"嗯,是个好想法。"他夹起一块泡菜放进嘴里,"你们到哪一步了?"

你妹,有东西吃都不闭嘴。

"除了没有上床,啥都做了。"

"给你口交了?"

尔母婢焉,用下半身思考的牲口。

"还没有,没橙总那么会玩。主要是没橙总帅和有钱。"

"我有个屁的钱,工资卡都在女朋友手里。出来玩全靠人格吸引。"

我堆笑:"橙总厉害。"

他居然露出一丝腼腆地回应:"没什么,随缘。大爱无疆嘛。"

"啥?"

"大爱无疆。"见我一脸蒙,他继续解释,"曾经有段时间,我连续交往了三个女朋友,有两个还是同一时期。我同事知道后,问我哪里有精力照顾得来,我就说了这四个字——大爱无疆。"

我想象一条性欲旺盛的公狗,到处撒尿圈地。

"现在不行了,上年纪了,没那么多精力了。"他叹气似的说,"忙的时候,一两个星期都不想做爱。"

是不想和家里的做吧……

"还是你们年轻人好,来几次都没问题。我在你这个年纪时就是这样。"

如果是指DIY,我不否认。

"同时和两个女友交往,连续谈三场恋爱,是什么体验喃?"我问他。

"烧钱。"

他嘴角浮现一丝轻笑,眼神熔化进碗里所剩无几的豆浆,仿佛是在看当时的钱包。

"忙。"

他又观摩自己的手掌,那些掌纹俨然是繁密的约会排期表。

"累。"

我想象他一天不同时段躺不同床上。

"所以没啥意思。"

我倒是分外觉得有趣:"是什么样的三个女人?"我看着他困顿惺忪的双眼,"我是指性格、外形、年纪、工作之类的。"

"喔,"他撇嘴,重启回忆。"一开始我其实只是和一个女朋友发生联系的,注意,是联系,不是关系。"

他看出我的半信半疑,随后笑笑:"先吃面吧。"

于是香喷喷的牛肉面冒着热气从我身后端来。

3.

一切旧的过去都是一场新的出发。

牛肉面与豆浆启程终点为屎尿的旅途,橙总则"天使望故乡"。

接下来的步行,随着他的回忆,变得起伏有趣。

在他貌似花花公子游戏人间的外衣下,我看到一种难能可贵的品质。即便境遇不佳,仍对生活充满热情,对未来报以造梦的憧憬,并乐悠悠投身其中。柔软冷冰冰的现实,鸡血疲弱的当下。

未免繁复,我略作加工,为各位转述。

橙总大学刚毕业时,交往了个商务英语专业小他一届的学妹。

惯常讲,以他的习性,理应迅速三垒达阵,建立稳固的床上关系。

匪夷所思的是,戴着眼镜一头黑发满脸清纯处女相自称虔诚基督徒的学妹,信守婚后性行为的道德约束。橙总也不知哪根神经基因突变和柏拉图耶稣搭线,提起裤子装贤者圣徒和学妹搞起精神恋爱。

嫩齿弱鸡如我,都能透析学妹心思,恰如迪克牛仔翻唱的那首歌——

　　她不爱我
　　说话的时候太沉默
　　沉默的时候
　　又太用心

学妹倒是乐享其成,有个为自己买单,身前身后言听计从呼来唤去的备胎,女神感何等洋溢,圣母光环照耀四方。

这样的关系奇迹般维持了一年,橙总身边出现了另外一个女人,貌似宋慧乔,还是在象牙塔的富家闺秀。

起初只是正常的异性朋友来往,直到某天闺秀主动上橙总家来找他。

彼时橙总独居,自其父母在他高中离异后,便独居一处上世纪九十年代的老房子。

时逢橙总人生低谷,从异乡回到本地赋闲在家。学妹毕业后便到一处楼盘做销售。那年月的地产,睁开眼睛就有客户上门。本对橙总用情不深,加之忙于挣钱,自然疏冷。

事隔数年,橙总仍清晰记得那日闺秀的穿着。Givenchy 挎包,ON&ON 蓝色对襟扣羊毛衫及复古蕾丝白衬衣,MISS SIXTY 牛仔及膝裙,肉丝袜,FENDI 漆皮白淑女鞋,Victoria's secret 套装浅粉内衣……

面对送上门的可口甜品,橙总心中的野狼被唤醒,装处三百六十五天,换个对象便火速三垒。

感情的世界哪有什么对错,不过是一物降一物。

事毕,闺秀却忽然伤心到泪崩。

床上搏击术二级运动员的橙总大脑极速转动,不对啊,作案工具没见血啊,不该情绪如此高亢啊。

"乖乖,没事,我会负责的。"

床知道他对多少女人说过这话。

"我好对不起我男友。"

感情的世界哪什么对错,不过是该来的时候没有来,不该来的时候偏偏来了。

原来闺秀的初恋始于大一,有个校外男友,并同居半年。不似女友的殷实厚重家世,草根出身的男友毕业进入社会后,拼命工作早出晚归,对女友便照顾不周了,生活琐碎亦难免争吵。被父母宠惯了的闺秀哪受得了气,加之对骚帅骚帅的橙总印象颇好相谈甚欢,这项绿帽如此这般便发给了男友。

橙总倒是松口气,本来还犹豫着,到底该和谁交往,结果潜在女友秒变炮友,失之东隅收之桑榆。左手柏拉图,右手东京热。整衣装暖男,脱裤性本色。

感情的世界哪有什么对错,不过是日久难免生真情。

你温润了我的强硬,我填充了你的寂寥。从肉到灵的距离,十几公分而已。橙总和闺秀,真的相爱了。

于是,学妹发现,诶,备胎一号怎么不联系我了?主动找他也心不在焉?

男友发现,诶,女友最近怎么不和我吵架也不怎么回家住了,还更爱打扮变漂亮了?

奸情曝光,结果瞠目。

男友容忍女友的出轨,跪地指天发誓,辞掉早出晚归的工作,多陪女友,女友就是他的事业。毕竟,娶一个富婆少奋斗二十年嘛。

学妹不辞辛劳,下班便从城南穿越到城北,穿着置业顾问制服玩情景游戏殷切献身。口活了得,床功一流,爽得橙总身体被掏空。

于是到了抉择时刻。请男嘉宾选择。孟非如是说。

闺秀问橙总:"我们怎么办?"

橙总叹口气:"大不了四人行咯。"

闺秀膝顶他兄弟。

"我是喜欢你的,"闺秀双眼红扑扑,"但也舍不得我男友。毕竟我们在一起三年,我什么第一次都给他了。"

橙总亦眼含泪(痛出来的),马景涛附体:"我难道不爱你吗?我难道舍得你吗?你是我二十多年来最大的幸运。"

废话,她老爹身家几个亿啊大兄弟!

"我明天放暑假就回家了。"闺秀家在距本城四十分钟高速路的地级市。

"所以我们来个离别炮?"

"我大姨妈来了。"

"下面不行有上面嘛。"

膝顶伤害二连杀。

"我想暑假里一个人静静,你别来找我,我也不会要他来。这样我心中会有答案的。"闺秀捧住橙总的脸,轻轻一吻。"等我,好吗?"

"好。"

橙总紧抱闺秀深吻,搞得如同生离死别。

情敌走了,张弛有度驭男有术的学妹将炮击橙总的力度调至 MAX 档。提着个行李袋,直接住进了他家里。夜夜床战,换着花样搞。度蜜月的小两口亦不过如此。在性灵、厨艺组合攻势下,以及不幸中了连续剧《奋斗》的毒,橙总心中的天平逐渐滑向旧爱。

男友亦未闲着,虽承诺不去找女友,但天天短信电话轰炸,说就在她家附近,但答应过她,不用相见。看着她家的别墅如同看着她人一般甜蜜。

而泡在学妹赤桥暖流里的橙总,却只能用出恭的时间给闺秀发发短信维系相思。

就这样,暑期将尽。某个雨后的黄昏,闺秀电话橙总。

"我妈今天问我,男朋友是个什么样的人,你猜我怎么说的?"

"怎么说的?"橙总正给学妹洗着黑丝袜和内衣裤,一边接电话,一边找干毛巾擦手。

"我完全按你的样子和情况给我妈说的。"即便隔着手机,也能看到闺秀幸福洋溢的脸,"程,我想通了,我要的是你。"

本是 Exciting 的答案,橙总的神经却又搭错线,不幸和佟大为饰演的陆涛接轨。

"对不起,谢谢你的选择,但我不能接受。"

即便隔着手机,也能清晰目视闺秀晴天霹雳般的惊诧。

"为什么?"

"我怕,"橙总错上加错,"你有男友还和我怎么怎么的,我怕某天我们在一起了,你又和其他人好上了。"

大哥,情商要不要这么感人?

电话那边,闺秀愤然大哭。后续剧情,无需再描述。男友抓住机会,将男友力调制超 MAX 档,重获美人心。橙总则乐颠颠和学妹继续共筑爱巢。嗯,他自以为是的爱巢。

天道总轮回,上苍绕过谁?

你绿别人的时候,就要想到自己也会有被绿的一天。

未至半年,可惜不是你陪我到最后的学妹和建筑公司老板跑了。留下当初与其同居时带来的行李袋及内里的袜子衣物等,供他在失眠的夜里念想并 DIY。

伤心伤肾的橙总想起了闺秀,于是联系她,约她见她。闺秀也不记仇,大大方方叫男友开着老爸送她的路虎发现者载着她来橙总家请他一起去她新买的三百八十平豪装平层大宅吃饭。

据说,当老天爷关上一道门时,往往还会开个窗。而关上两道门,橙总等来了一个天窗。

123

不久,第三个姑娘登场。橙总在新工作中认识的九零后摄影师。一米六八的个头,双腿曼妙纤长,金色短发花文身,白皙的手指总爱夹着根烟。混合巴宝莉男款"伦敦"香水,有股奇妙的荷尔蒙荡漾滋生。

养好身心的橙总,回复浪子本性。某个月黑风高的夜里,三下五除二霸王硬上弓。擦作案工具时发现,有血。有血。有血。

姑娘倒很淡定,不哭不闹,背靠床头抽根细长的烟。

"我月经过了一周多了。"

橙总用擦作案工具的湿巾纸抹额头渗出的汗。

"不用你负责,我本来也没打算和谁谈恋爱。"

话虽如此,但二人就这么着在一起了。姑娘戒了烟,留了长发,新添了关于橙总的文身,直到现在,已相恋五年。

闺秀男友受尽女方父母白眼,将装孙子兵法演绎得炉火纯青,并在女友腹中装了真的孙子,还主动提出第一个孩子跟娘家姓。皇天不负无耻人,终于得以倒插门。婚后,升级为老公的男友进入岳父公司任要职,百依百顺服从岳父,千依千顺听老婆的话。除了骨头软,几乎挑不出什么毛病。但闺秀总觉得和他生活少了点什么。

某个想你的夜,多希望你能在我身边时,闺秀微信橙总。橙总正好伺候完甲方吃喝,坐街边醉酒直播。得知曾经错过的巨额支票还挂记着自己,瞬间清醒,或者醉得更深。将别人已婚生子、自己也有女友的现实抛诸脑后,像初见朱丽叶的罗密欧,大诉衷肠,指着没有月亮的天空,要月亮当二人永恒爱情的见证。相约酒店,共叙旧日,缠绵温润曾有过的美好时光。幸而人妻有操守,嘴上出出轨即好,衣裙切不可再轻易解开。约可以,炮就罢了,在她开的咖啡馆喝下午茶叙旧。看着产后发福珠圆玉润的闺秀,橙总满脑子都是自己高挑身材曼妙双腿的女友。闺秀不蠢,别过橙总后,便请了私教,练习瑜伽跳操瘦身。立誓雕塑好身材重回美少女状态,待再相见时亮瞎其狗眼。

多年不联系未闻其风声的学妹,毫无征兆电话橙总。看着熟悉的陌生号码,橙总愣了几秒,忐忑接起。假模假式寒暄过后,学妹问你买保险了吗?我在XX保险公司,我们才推了款性价比特高的产品想和你分享一下。诶,你哪天空,我们找个茶坊聊聊呗?

4.

"我很满意现在的生活,我很爱我现在的女友。"

十字路口,橙总和我将各走一方,分享完往事,他总结陈词。

"那你打算什么时候结婚?"

"明年吧,"他出声呼吸,轻微一笑,"今年才把新房装好,没啥钱了,明年夏天好好办一场。你们准备红包吧。"

"好。"

"小兄弟,别觉得我在灌鸡汤,感情也好,工作也罢,曾经拥有的,不要忘记;暂时得到的,更要珍惜;属于自己的,不要放弃;已经失去的,留做回忆。"

言毕,他挥手示意再见,大步走去。

我抹掉眼角的泪,朝天打个哈欠,招手叫车回家。

P.S

没过多久,橙总不出意外地和甲方漂亮女总监闹出了些桃色绯闻。他女友倒很淡定,高跟鞋叩击地板哒哒作响,笑盈盈提着阉夫刀来公司,往他办公桌一扔,问是你自己来还是我动手?吓得橙总跪地指着没有太阳的大白天说红日为鉴皓月作证,此心愿一生随君,此身只想奉君,此魂亦伴君阴阳两世不离不弃。然后当着女友面拉黑女总监的电话和微信。

我知道,他俩分不掉的。

凌晨两点，遇见迷路的小猫

1.

这是 2006 年的简单爱情故事。

凌晨两点接到她电话时，刚刚脱掉衣服上床。脱得一丝不挂，即便已是浓冬时节。我喜欢裸睡，肌肤更透气，仿佛能感受到它的呼吸，下面的空气流动很重要。被窝里暖着看电视台放映的连续剧，《倚天屠龙》。"屠狮大会"正要上演张无忌 VS 周芷若的好戏。因爱成恨的女人最可怕，比如周芷若。

手机铃声在秒针滑过整点时响起。是她……

"喂。"我按下接听键，底端拖着线。

因为充电，过了零点还没有关机。长久以来我都保持着零点关机的习惯。也正是这一例外，得以窥听她在电话另一端的吞声哭泣：

"你在哪儿？"

有风呼啦啦地吹过。颤抖的声音。或许因为哭泣，或许因为冷。现在是十二月底，温度一下子掉到了零下三、五度。我拉过被子披在身上。

"家。"

"哪里？"

"地球。"

"现在不是开玩笑的时候。"她抽泣。

"怎么了?"

泣不成言。

"你在哪儿?"我问。

风声。

"我在游乐园这带。"既然她不回答,也就只有我开腔。我裹紧了被子,交换踩地的光脚。拖鞋不知什么时候藏了起来。

"我在琉璃场……"她好歹开始说话,"你在哪里……对了,游乐园是吧? 好远啊……"似乎又要开始咽泪。

麻烦,我不喜欢女人哭:"有钱吗?"

"有。"

"那就叫个出租车到游乐园,我在大门口等你。"

"行。"

于是我只好哆哆嗦嗦地穿回衣服,向高圆圆扮演的周芷若 say good-bye,我偏爱那种五官大气的姑娘。虽然从未在我的生活轨道有过交集。

2.

她是我最近参加培训班上认识的同学。保险公司的岗前培训。要想从事保险工作,还要通过行业考试取得执业资格证。因此以后也极有可能成为同事。

由于未按要求穿职业装听课,我俩被讲师请出了教室。不是有意顶撞,只是还没准备成套的西装。假如把脚下的篮球鞋换成皮鞋,我担心会有初次穿高跟鞋的女孩的困窘。

白衬衣 + 领带 + 黑西装 + 黑皮鞋 = 我未来的标准着装。

哎呀呀,想起都头痛。只有翘掉下午的课程才能缓解。

她走在前面,斑马纹长筒袜包裹的双腿苗条迷人,曲线流畅得犹如裹进嘴里吮吸过的蛋奶冰淇淋。厚实短小的韩版蓬蓬裙随双腿摆动一荡一荡,荡得我春心荡漾。

我们坐同一辆公交车,沿途攀谈。

"你住哪儿?"她问。

"中国。"

"去,"她皱眉,眉下抹了层淡紫色的眼影,"怎么不说是地球?"

"事实上正想回答太阳系的。"我舔嘴唇。干燥。

她不咸不淡地笑。

"什么星座?"

我用无名指挠眼角:"射手座,好像。"

"好像?不会连自己生日都记不住吧?"

"83年12月14日,大概。"

"快二十三岁了?"

"不。"我朝无名指吹气,吹掉若有若无的分泌物,"1883年12月14日。"

"一点也不好笑。"她别过脸。

"刚认识就打听别人住址、星座、年龄,接下来不会还有身高、体重、血型吧?"

"想找共同点。"她依旧保持面向窗外的姿势。耳朵娇小,缀着玫瑰红的耳环。

"那不如问身上有没有共同的痣。"

她笑:"比如说?"

"比如说你胸口有没有朱砂痣。"

她摇头。

我食指落在自己胸口处,"我就有。据说那叫'随处风流痣'。"

"那你很风流咯?"

我雕塑一个紧张的神情:"是啊,为此常常被风吹得流泪。"

她眼眸放光开心一笑。

"你说话很有趣。"终于注视着我。

"不客气。"

"应该说'谢谢'吧?"她踩我脚。

如此我们熟识。交换了手机和QQ号码。

3.

夜比想象的冷。

朦胧的路灯冻僵似的颤巍巍垂向地面。

我站在游乐园门口手揣衣兜不断跺脚,呼出的白气形成些微的暖流顺颊而上。二十分钟后,她从出租车里摇摇晃晃走出,眼眸徘徊着驱之不散的阴翳。短裙、羊绒袜、褐色长靴的下身搭配。大腿粘贴似的夹住,身子紧缩,只用两只细长的小腿缓慢挪步,仿佛试图将自己折叠起来,尽可能锁住身体的热量。倾泻卷发遮住脸庞,使得本就昏暗的光景越觉淡薄了。看见我,便一头栽进怀中,瑟瑟发抖。

"冷。"她说。

这不是她第一次向我"求救"了。前几天,临近午夜,她还在某个网吧里烟不离手地和我视频聊天。烟雾萦绕略带稚气的脸庞,感觉怪异。犹如儿童穿上比基尼般不协调。

还不回家?我问。

不想回去。她吐出一阵骨灰色的白烟。

那你睡哪儿?

不睡。

打算整晚都待这儿?明早还有课喃。

不。一会儿要去"零点",粉吸多了,得high出来,不然头痛。她挠脑袋。

我咂舌。K粉?

她浅笑。难道是白粉?

哦。我回应。

要走了。她灭掉烟。

不送。

不想说点什么？她开始收拾放桌面上的东西。

吃好喝好。

去。这是当晚我收到的最后一条QQ消息。

之后我浏览网页。在新浪开辟了一亩三分地的博客，主要评述NBA。上午才翘课看完火箭队的比赛，更新一下。本期主题"人人都爱姚明，除了他的对手"。我还是麦迪的球迷，才花血本买了双他所代言的T-MAC 6签名篮球鞋供在书柜里瞻仰。手机躺客厅充电，充电时我不关机。

大概凌晨两点的样子，短信铃响。是她：

那个说啥我在流鼻

没头没脑的八个字，我回拨电话。没人接。

没过多久，又收到她的短信：

快来，我胃痛。

好歹说明了情况表达了诉求。但问题是……来哪儿喃？未必她现在就在"零点"，当然也不排除其他地方的可能。

我回拨电话，依旧没人接。发短信等了半天也没有回音，看来只有等她联系我。

这天夜里，我开机睡觉，并把手机放在枕边。

大学毕业后，尚未找到满意的工作，没有能力租房，又不愿窝父母那里听他们唠叨，便暂住外婆家。不可能深更半夜带个醉醺醺的女孩回去。辗转三家旅馆，才找到了空房。房间在二楼，懒得搭老迈的电梯，索性背着她上去。这家伙……看似苗条，背起来却死沉死沉。正如安德鲁森橱窗里的模型蛋糕，看上去美的东西吃着却不一定美。同样的联想还可以放在何莉秀身上。

打开空调，拧了热毛巾，替闷睡在床的她抹脸。个人认为紫色眼影并不适合她。然后替她脱掉羊毛坎肩、短大衣、对襟衫，珍珠项链勾住了头发。接下来是靴子、袜子、裙子,似乎没必要帮人脱得这么彻底。她迷糊而慵懒地配合。又用另一张毛巾拧了热水擦脚。这一系列举动让我产生关于韩国的第二个联想——电影《我的野蛮女友》中的相似场景。既然如此,我也该把她从头到尾好好看看?

镜头往下移,忽略掉又贵又旧像洗脱色的牛仔裤似的房间,忘记嗡嗡作响间或送暖患帕金森综合症般的空调。把焦距拉近、焦点集中。OK,正好……

我一个毛孔都不放过的看了她脸,嘴唇比胸部丰满。皮肤沁出阳光的味道,配合未擦尽的紫色眼影残痕,活脱脱吉百利巧克力。闭目沉睡,喉头里一阵闷响。

她翻身,右手有意无意搭我肩上。用脖颈触摸,冰凉。

"或许你需要点热水。"我把她手放进被窝,不大情愿可又理应如此替她盖好。

女孩哼歌的声音袅袅传进洗手间。说不出曲子,柔和轻灵。起初以为是耳误,停下拧着的热毛巾,歌声随之停止。

耳误。

继续拧水,歌声再起。是她……

"喂,"她掂量话语重量般开口道,"喜欢听歌?"

我扭过头盯着她,公交车行进得犹如埃佛森的变向运球,猝不及防的刹车,又难以预计的加速:

"什么?"

她取掉我CD机耳塞:"喜欢听歌?"

"没人不喜欢吧?"

"那干吗只顾自己听?"

"你又没说要。"

我揉脖子。前几天打个喷嚏竟然扭了脖子,到现在转头还痛着。据说假如睁眼打喷嚏,产生的压强足以挤出眼球,落在地板踩上一脚变成平底锅里的煎鸡蛋。

"那我现在说要。"

我拿给她一只耳塞。静静听了半分钟。

"什么歌?"

"不知道。"我调高音量。标志性的怪癖之一便是不记歌名。由此衍生出不记路名、人名。

"干吗不用 MP3,可以显示歌名和歌词。现在很少有人用 CD。"

"事实上我本来打算用 WALKMAN 的。"

"嚯嚯嚯……你真幽默。"连火星人也听得出来的假笑伪赞。

当天夜里,收到她短信:

天空。那首歌的名字。蔡依林唱的。

蔡依林?蔡依林是谁?

"在你离开之后的天空,我像风筝寻一个梦。雨后的天空,是否要放晴后的面容。"

她依旧闭着眼,长发像大堡礁的珊瑚丛一样倾洒在灰白的枕头上。歌声宛如夏日晴空的云絮凝醉蓝天。方才盖好的被子被她掀开在旁。

"我轻轻的望着天空,试着寻找失落的感动。只能用笑容,替代雨过天晴后的彩虹。"

我用热毛巾捂着她手,重新替她盖好被子。她嘟嚷嘴,有声音在喉管里蠕动。我俯身,耳朵轻贴喉管,她用怀抱小猫的力度搂住我。

"冷。"她说。

4.

这天夜里,我和她睡了。本不打算如此,客观条件也允许我安然独眠,因为有两张床。但事实是,独眠可以,安然却很难。脑海里不停幻想她的裸体,下面硬邦邦难受。虽说与喝醉酒的女孩睡觉难免有乘人之危之嫌,但不这样,又总觉得缺失了什么。好比罗纳尔迪尼奥盘球到禁区,晃过后卫及守门员,却忘记了打空门一样。唯一的解释是——她冷。而当我把我的被子给了她后,我更冷。与其这样,不如相互抱着取暖。刚开始的确仅是这样预想,可惜下半身替我作主实施了进一步的行动,并且中途又极不负责将思考权交还上半身,导致阳痿。

　　真是头疼!一个人睡时气势汹汹无坚不摧挺拔翘起,为什么正该派上用场时偏偏软啪啪打瞌睡?有多久没和女孩睡觉了?半年?一年?

　　她躺进我臂弯,呼出的气息热辣辣流移胸口,赤身裸体在被子里和我紧紧相依。两个人等于温暖,哪怕仅有一床薄薄的棉被覆盖。

　　"对不起。"我说,"平时不这样的。"

　　"没关系。"她清幽道,"是我不够吸引人吧?"

　　"怎么会?是我个人的问题。白天打了一下午的篮球,运动过后睾丸酮会降低分泌,影响勃起。"

　　"没必要解释,我本来就长得不好看。"她缓缓扬头,鼻尖触我肩头。空调隔三分钟送一次暖,送暖时发出轰轰轰的工作声,俨然准点报时的布谷鸟。

　　"瞎说。假如你不好看的话,我血管里流的就是番茄酱。"

　　"真的?"

　　"巧克力天使,你就像巧克力天使一样可爱。假如我是吉百利公司的广告负责人,一定请你作产品形象代言人。"我抱住她,轻轻抚摸光滑的脊背。

　　"去,直接说我皮肤黑不就得了?"她大过于暧昧的咬我胸口靠上一点的部位,仿佛我成了巧克力。

　　"穿着迷你裙、羊绒丝袜的巧克力天使,性感迷人地戴着珍珠项链飞翔在天空里。"

　　"谢谢。"她满意一笑,"这是我听到的最好的夸奖。"

　　"村上春树有本小说,"我侧过身子抱住她,右手悄悄游到她臀部。臀部有粒红豆大小的痣,摸起来竟形似乳房。奇妙的肌肤触感,滑雪一般的奇妙。

"里面写了个情节,"我继续讲道,"男人和女人做爱,男人却迟迟勃不起来,女人用尽了方法,那里还是没有抬头。"

"为什么?"她玲珑的乳房贴着我。

"因为女人有胃扩张,做爱之前吃下足够三个男人分量的晚餐。男人把精神全部集中在对方的胃上了。"

"那你的精神集中到哪儿去了?"

我没有回答,滑进被窝,亲吻她肚脐和小腹之间平坦的部分。蓬松隆起的黑绒毛与下巴的硬胡须交织。温煦的皮肤又薄又软。

"真是第一次?"我问。

她"嗯"了一声。

以为有落红却找不到半点朱砂的空虚感,像一只以睾丸酮为食的爬行怪兽,带着黏糊糊的体液缓慢淌过我整片背身。

躺她小腹上,侧耳倾听夜的歌喉。静谧。

她摩挲我的发,用那只割过腕的手。声音比夜更静谧。

"活到三十岁,然后死掉。"她说。

"结果活了三十一岁。"我说。

5.

培训班开设在她大学里。她十六岁就考上了这所重点大学,明年七月大四毕业尚不满二十。此外还精通古筝,学过芭蕾舞,写得一手漂亮的行草字体。简直就是传说中"别人家的孩子"。而我大四毕业时,已经二十二岁多了。回想刚走出校园的心情,恍然产生种"茫乱感"——既茫然又迷乱。我是一叶孤舟,被抛入大江激流,无以自主、没有方向,只好眼睁睁的看着自己被漩涡吞噬。2006年的夏天,似乎无一不凄切惨淡。尽管艳阳当空,灿烂一片。徒步街头,烤焦的柏油马路味儿、汽车尾气味儿、人群的汗味儿、烟味儿……压迫得呼吸仿佛都要停止,争先恐后的撕裂、扯破我构筑的壁垒。壁垒里面藏着梦想。

好几次做着同样的梦。我奔跑在人迹稀少的狭长巷道里,狭长得始终望不见头到不了尾。巷道越来越窄,以至于有些路段只能侧身通过。偶遇面色冷漠的行人,统一穿戴着青灰色雨衣雨帽。即便我撞倒他们,他们也没有除了冷漠以外更多的表情。

这样的梦一共做了五次。每次都疲倦不堪的醒来,似乎真跑了很长的路。

大雨过后,满校的银杏树叶仿佛一夜染黄,黄如久经香烟熏染的手指。午饭时间,我俩买了麦当劳的快餐,捡个寂静人少的地方,肩并肩坐长椅边吃东西边看落叶。

"这是什么?"我忽然比出"V"字手势问她。

"Victory(胜利)。"

我点头:"通常我们比出这个手势后,都会说'Yeah'。那么……"我比出"V"字颤然下落的手势。

"这又是什么?"

她木然摇头。

我急促晃脑,发出颤然的"Yeah"声:"那叫'落叶(落 Yeah)'。"

她淡薄一笑。笑过之后轻轻把手叠我手上,又静静缩了回去。手很凉。

"你怎么老这么开心?"

"难不成要老绷着脸学史泰龙?"

"也有难过的时候?"

"当然。"

"比如?"

"没有可以抱着睡觉的人,时常在夜里难过得掉泪。"我坏笑。

她却回到了被风雪封冻的表情。

"我不开心,时常想死。"

我差点很俗气地把咖啡喷出来。

"怎么说这种话?"

她把腿伸直,左腿架在右腿上。腿形优美得可以担当丝袜代言人。顺便说一句,我是丝袜控。

"我……"她咬了咬下唇,"有抑郁症,知道那个病?"

就这句断开的话思考了十秒钟,我估测出话语的距离后回答:

"一点点。"

"我自杀过。"她轻描淡写的说。

"吃安眠药?"

"割腕。"说着挽起绵羊皮的灰色风衣袖口,给我看疤痕。右手静脉靠下一点的部位,疤痕犹如冬眠的蚯蚓横梗在肤。当然,蚯蚓是不冬眠的。

"因为失恋?"

"因为无聊。"她放下袖口,从挎包里掏出盒烟。抽出一根给我。我不要。一年前戒了烟。她含根点上,有滋有味地吸起来。

"难怪现在自杀率高。"我揶揄,"无聊嘛。不过不觉得自杀本身就很无聊? 下次想怎么死?"

她弹烟灰:"不清楚。大概是嗨药嗨死,醉酒醉死,或者过劳死。我一天只睡五个小时。不过死之前有件事要做。"

"减肥?"

"我胖吗?"

确实不胖。

"找个合适的男人睡觉。"她送出一阵烟雾后说。

"还是处女?"

她目光放空看着半空什么地方。第八十一片银杏叶落了下来。

我们沿着镜湖公园的小径回教室。她右手插我大衣口袋里。清幽的路,除了脚踩落叶和鸟的鸣啭,别无声响。我哼歌,周杰伦的"发如雪"。

"喂。"她问我,"怎么才能像你一样快乐？"

"多吃蔬菜多运动,充足的睡眠合理的作息。"我捏捏下巴,睡眠不足促生胡须,"以及远离尼古丁和过量的酒精。"

6.

曾经有段时间,我也喝过不少酒吸掉不少烟。多到可以灌满整座游泳池,填充一个五百磅 TNT 炸下的弹坑。我赌气似的往胃袋里倒酒、朝肺叶熏烟。喝得白天不懂夜的黑,抽到抽刀断水水更流。有时是在酒吧,有时是在家里。有时和一大群酒友共饮,有时一个人躲小房间独酌。我陷入了深深的迷茫,拿不准看不清前面的方向。全世界都在有条不紊,或者按照其看不见摸不着的古怪规律运转,唯独我一人停滞退萎,甚至置身流沙,静待吞食,无力挣扎。对生活、对社会、对爱情、友情、亲情都产生滞重的疏离,固步自封。但凡常规、大众认可的事物,我都嗤之以鼻不屑一顾。酗酒鬼混,打架把妹,除了吸毒杀人,差不多什么都干。有人把我这一类的典型称为"愤青"。

那年夏天的夜很迷离。迷离到风吹不散云,云遮不住星。那年我20,希腊队捧葡萄牙欧洲杯,刘翔夺雅典奥运会男子 110 米跨栏金牌。盛产神话的一年。

总之,二十到二十一岁的我就在这么一片混沌中度过。周遭俨然布满一层空中飘浮的、肉眼看不见的厚壁,自己出不去,旁人也进不来。我困于其中,无从可去,又处处可去。

她如一道阳光穿过隙缝照射进黑暗的牢底。

我不知道她的名字,不知道她的年龄。从哪儿来？干什么？统统未知。我只知道她是我们学校的学生,喜欢穿紧身牛仔裤、白色运动鞋,走路时露出一点色彩鲜艳的棉袜。个头娇小,皮肤白皙,五官犹如罗丹刀下的雕塑,洋溢着立体的生命感。

每周二、四的夜晚九点,她总会斜背着个大挎包,走出后校门,穿过沿街而设的小商铺,隐匿于灯红酒绿的茫茫人海。第二天上午十点半,又以同样的装束回到学校。我期盼、等待这一周四次与她擦身而过的短暂时光。我莫名其妙的迷恋着她,却又不敢靠近她、认识她、拥有她。她是我的图腾,我像古老部落的村民一样膜拜她。

然而,所有的热情在一夜之后毁灭。

那个周四夜晚,她踩着指针般准点走出校门。当她转入第二个街口时,我本该回头,等待明早十点半的到来,却突然心有不甘选择尾随,从而亲遇今生大概永不再见的奇遇。

她来到第二个街口后,招呼一辆出租车,钻进车里往市中心的方向驶去。我亦招了辆出租车,保持一定距离,跟在她身后。

十来分钟过后,她的车在一家连锁酒店门前停了下来。出租车开走,女孩用手机打了电话后,环抱手臂,双脚并拢,规规矩矩站着。看来是在等人。我没有下车,让司机将车停靠街对面,透过车窗观望。这么晚了,在旅馆旁,会等谁?

没过多久,有摩托车的引擎声远远传来。一个头戴黑色头盔骑着同色调雅马哈公路摩托的男人来到她面前。巧的是,他的黑皮夹克、灰红色麦迪五代签名篮球鞋和我完全一样,身材也相仿。

男人停好摩托后,女孩和他深深相拥。坦白的讲,我很吃醋,周围空气似乎一瞬凝固,温度也降低了不少。

他俩挽着手进酒店,男子没有脱掉头盔,面貌无从辨识。该死!接下来的剧情小学生都会知道。我匆忙付过车钱,跳出车门,直奔酒店大厅。

"对不起。"我尽可能克制自己的情绪,"请问刚才的那对男女要的什么房间?"

前台小姐看着我,又看向保安。挤出冠冕堂皇的职业微笑。

"抱歉先生,如果你和他们认识,请直接和他们联系,我们不能透露。"

身后有皮鞋蹭地声,长得像河马的保安走了过来。笑盈盈盯着我。暂时编不出什么理由,豆大汗珠顺颊滑落。

"请你帮个忙……"我恳求。

"对不起先生。"她眼珠一滑望向我身后,保安上前拍我肩,示意借一步说话。我们来到大厅的角落。

"喜欢的女人和别人开房,谁都会着急,对吧?"他取下帽子,挠挠脑袋,又理了理制服衣肩。

"你咋知道?"

"常有的事,习惯成自然。"

他得意的笑,眼睛被脸上的肉挤成一条缝,下牙歪歪曲曲的排列。

"你肯定有办法。"我说。

"当然。"保安揉捏下巴未刮干净的胡须,"不过需要……"

我掏出一百元。他目光写满"继续"。

我多掏出一百元,成交。

河马保安把我领进一间黑乎乎的小屋子。一堵墙完全为单色调的监视屏占据,五十六个紧密排一起。每个监视屏大小不过七寸,除了几台没有开机,其余的正同步记录着每间客房的情景,所谓隐私尽收眼底。我倒吸口气,逐一扫视,寻找她和头盔男的身影。

"找到了吗?你的心上人?"河马保安语带轻佻地问。

我没理会,兀自搜寻,右上角的监视屏里出现她的身影。她已经脱去了衣服,只裹了条又大又长的白色浴巾坐在床沿翻看杂志。身材真好,漂亮到脚趾。没看见男人。

我转头觑眼河马保安,用身体挡住他的视线,又掏出一百。河马保安接过会意,离开房间,将门轻轻关合。

监视屏里已经没有了他俩的身影,相信纵然是河马也可以作出明确的判断——他俩在浴室,正亲亲热热的像河马一样洗着澡。该死的监视器,怎么没有切换功能?我耐住性子等待,为了缓解焦急,拉开麦迪5的魔术贴,将鞋带解了又系,系了又解,如此反复。

第十三次解开鞋带后,两人终于重新出现在画面里。天啊,我敢说那是我看过的最糟糕的情欲片。镜头无法调转,颜色单一,焦距固定,没有声响……更要命的是女主角竟然是我暗恋的对象,可悲则在于男主角不是我。我的天使正被一个连面孔都还没看清的男人爱抚……

接下来我已经不清楚自己是抱着怎样的心态看着他俩亲热,我手脚冰凉,脑袋肿胀——海面的浮尸——对!就那感觉。为什么连灯也不关喃?为什么我的纯情天使上了床会变得这么骚?为什么我老看不清那男人的脸喃?他俩似乎知道我在偷窥,于是更加夸张疯狂刺激着我……该死!该死!该死!再没有比这更糟糕的情欲片了……

我想闭眼,目不忍视。然而就在闭眼那一刹那,男人的脸转了过来,摄像头恍然清晰到足以捕捉他面上的每一个毛孔……我有点窒息、有点冷,全身皮肤过电般激起一阵鸡皮——那竟然是我的脸!

对!没有错——画面里的男人是我。他有着和我一样的脸,一样的身形,甚至胸前一样的朱砂痣。是我用娴熟高超的技巧和天使云雨。我在这一边,我又在那一边。

时间停止了流动。打开小屋门,没挪几步,我踩着散开的鞋带摔了一跤,却感觉不到疼痛。河马保安、前台小姐如一尊尊蜡像般静止不动。直至我走出大门,一切仍然沉睡似的静止。

跨上雅马哈摩托车,头脑一片空白,仿佛有人用橡皮擦擦去了记忆一般的空白。从裤包里掏出车钥匙,发动驶离。

那晚之后,我没有再见过她,甚至不敢确定究竟有没有这样一个人、而我又到底去没去那样一个酒店。我只清楚,那晚之后,体内的一部分东西俨然被神秘带走。我丧失了某些欲望,开始厌倦抽烟、酗酒,讨厌人多吵杂的环境。我逐渐改变,改变以前的生活方式。远离尼古丁、酒精,远离鬼混的女孩、朋友。开始按时上课,有规律地生活。我像脱轨的列车重新回到了应有的轨道,或者正好相反。

7.

天蒙蒙发亮,虚浅的睡眠划过身际。她躺在我的臂弯,长发停留的洗发水味香得清甜。

她手指落我胸口缓缓画圈。痒。

静谧的夜,光正一点点剥离黑暗。我俩长时间没有言语,她把脸颊贴我胸口,低低哼歌。我轻抚她光滑的脊背和那"第三个乳房"。

"喂,"她缓缓抬头,"知道白暨豚吗?"

我嗯了一声。怎么突然提起白暨豚?

"我有个叔叔是水生所研究员,专门研究白暨豚。"她用甜睡小猫才会发出的声音说道,"知道吗,白暨豚都快要绝种了。"

"为什么?"

"环境污染啊,生态破坏啊什么的。"她好像叹了口气,"他们曾经救了一只重伤的雄性白暨豚回水生所,取名'乐乐'。"

"快乐的乐?"我摸她柔软的头发。

"但他并不快乐。"女孩的声音有些不自然的嘶哑。

"为什么?"

"孤独。"她抱我的手紧了紧,"白鳍豚很难人工饲养的。乐乐来时还不到两岁,体质好、适应力强,是人工饲养下存活时间超过一年的特例。只是这种特例也意味着深深的孤独。"她咽下口唾液。

"乐乐在一个水池中生活,一个人的生活。"

"是一只豚的生活吧。"

"别打岔。"她说,"每次我去看他,他会特别兴奋,快速向我游过来,用尾鳍向我打水。他爱和我玩游泳圈,怎么玩也不腻。"

"嘿,把你当朋友。"

"可我们终究不是乐乐的同类。"她又叹了口气,"在他四岁那年,这种孤独感越来越强。不仅不吃不喝,局部皮肤还充血变成桃红色。身体直立水中,一边猛烈地晃动脑袋,一边发出吱吱吱、吱吱吱的叫声。"

我想象孤单的白暨豚在水中流泪的情景。不是迪士尼的动画片。

"后来喃?"

"后来我叔叔他们想给乐乐找个伴,又捉到一雄一雌两只白暨豚。雄的75天后死了,雌的那只取名'妮妮'。"她揉了揉眼角。

"妮妮当时才一岁多,我叔叔他们把他俩放在相连的饲养池中,乐乐要比以前快乐点了。

"但是谁知道妮妮在进入性成熟期时突然死了。虽然后来我叔叔他们不断的给乐乐找新伴侣,可没找到。因为生态的污染破坏,白暨豚越来越少了,到现在几乎绝迹。"女孩停止了讲述,圆润的肩头微微颤抖。

"冷吗?"我问。

她没有搭腔。我用力搂住她。过了几秒钟,重新开口:

"乐乐孤孤单单地走了,在饲养池里活了十五年。他要死的时候我去看他……"不仅肩头,她的声音也跟着颤抖起来,"乐乐白色的皮肤下长起一大串的红色水痘,躺在医务架上,身体插着输液管。看见我来了,尾鳍困难地摇晃,好像是在向我告别。

"我摸着乐乐的脸庞,乐乐眼里流着泪,长长的嘴发出微弱的吱吱声。到后来连微弱的声音也发不出,只能张着眼睛泪蒙蒙地注视着我们,身体一阵一阵地颤动。叔叔说那是神经反射,乐乐已经走了……"

她哭了起来,全身都颤抖不止。我把她抱在身前,承受着她的重量。她汹涌的眼泪洒落我脖颈、胸口,热乎乎潮湿湿。我不断地吻着她、抚摸她,舔着她的泪,直到她一点点回复平静。

"明明是快乐的名字,为什么会这么不快乐?"女孩平静后问。

我无法回答她的问题,因为我也找不出答案。她的迷茫正是我的迷茫,我的迷茫又是谁的迷茫?

在你离开之后的天空,我像风筝寻一个梦。雨后的天空,是否要放晴后的面容……

8.

那晚以后,我们又因培训见过几次面。但每次之后都会加深一层浓烈的疏离感。直至再没有见面。她肌肤的感觉,长发的香味,热辣辣的哭泣……一切的所有,宛如碎在水里的眼泪,无不同以往却有着少许不可挽回的忧伤。

她似乎是想向我寻求什么,而那什么又不是我所能给予。

许久之后回头思量,她抱住我的时候,她需要我的时候,或许寻求的并非我的温暖、我的身体。而是某人的温暖、某人的身体。我不过是具躯壳,是她通过我感受另一个人、怀念另一个人甚至忘记另一个人的借代体。

我轻轻的望着天空,试着寻找失落的感动。只能用笑容,替代雨过天晴后的彩虹……

凌晨两点,遇见迷路的小猫。

暖暖

1.

我从没想过会与特殊服务工作者同居,就像我从未想过自己会有如此失败的三十岁一样。

灾厄始于出差回家开门的那刻。
捉奸在床。
结婚不到两年的老婆,和我电商公司合伙人。
我套路掐大腿,咬舌揉眼,确认并未身处梦境。唾液从舌头涌出,喉管干燥得可以点起一把普罗米修斯盗取的天火。汗水自额头、太阳穴及后脑勺密集渗出,顺颊而下,水势之凶猛,纵然大禹再世也得望洋兴叹,可惜百亿投资的防涝工程付诸东流。鼻腔被腥稠占据,瞬间砌起一道马奇诺防线。我想咆哮,发出震退狮子的声浪,穿透遮蔽星云的层层昏暗。但出口的却是断续短促不能成句的代词。

"你"、"他"、"你们"……
周星驰的无厘头恰然涌现。

奸夫淫妇没有该有的慌张,俨然是计划好的一幕剧,大大方方让我当场戳破他俩的好戏。这倒置的尴尬,反让我成了过错方,一个不邀自来涉足他人恩爱的电灯泡。男人耀武扬威的棍,女人挺翘翘的灯,皆趾高气扬指责着我的粗鲁,怒斥我的闯入。

掉入冰窟的寒冷从四面八方放肆侵袭。身穿优衣库蓝色轻薄羽绒背心头戴红色BEATS大耳机的企鹅招手问候:
"Cool man～"

接下来的一周内,我失去了爱情、小家庭,以及房子和事业。
奸夫是电商公司大股东,连本带利,一次性退我十五万,将我扫地出门。
婚房是淫妇家里买的,属于她的婚前财产,给了我五万的所谓精神补偿后,收拾滚蛋。

这么着,曾以为在这座繁华大都市,通过自己多年努力,娶了本地中产阶级家庭女儿,实现屌丝逆袭的乡镇青年,被人一记闷棍敲后脑,干干脆脆毫不拖泥带水打回了原形。除了二十万现金,一无所有。唯所安慰的是,我还年轻。

如果,三十岁还算年轻的话。

2.

离婚后的第五个月,58同城做媒,认识了她。
手机提示,她私信我,开门见山:

你要拍私房照?

我睡得太久了,以至于加倍疲劳感。简单的两个字,竟然输错了三遍:

是啊。

近半年来无所事事，散淡度日。在远离城区的郊外租了套荒置的乡间小院。或许是从小耳濡目染，遗传了父亲的木工和泥水匠手艺，动手能力尚算不错。一番修葺，几经打磨，倒也别具韵味，适合隐居。为方便出行，买了辆二手长城皮卡，隔三差五进一次城，补给生活用品。间或接些新老客户的拍摄单子，不至于脱离社会。两层楼带院子的独栋小洋房有足够大的空间给我玩味孤独，生活作息完全失控，夜不到凌晨三四点难以入眠。就算早早躺床，不过是换个姿势杀时间。手机看视频、直播，刷微博微信，等待睡意的困顿阑珊。

怎么收费？她问。

我将凉被拉至唇边，最近总是寒意料峭，即便酷暑盛夏天，不开空调亦能安然度过。白露微明，还需要裹着被子抗寒。略作思考回复道：1000块，拍摄加后期。房间我选，房费你出。

便宜点。她讨价，随后撒娇似的补充，人家是女生，欧巴要对女生好点哦。

我被她些许逗乐：好吧，打六折。

哥哥棒棒。加我微信聊吧。

添加好友成功后，翻看这个昵称叫"青秋二玉"姑娘的朋友圈，却毫无所获。想必是屏蔽了我。头像一目了然，年轻漂亮小粉嫩。评分的话，90不算多。那双睫毛浓密的柳叶眼内暗涌的波浪，可以掀翻一整支西班牙无敌舰队。最妙的是黑白色调封面照片里那个黑白装扮的她。穿紧身牛仔裤盘腿坐床，赤足白润如玉，干净得似飘着走路，未曾沾染一点尘灰。右手托腮，黑直的刘海遮住些许带俏眉眼，瓷滑脸庞笑对镜头微露芳华。唇角上翘的瞬间，世界顿时无声，所有荷尔蒙沸腾的躁动都被巨大漩涡吸入静匿的沉寂。眼眸忽然多彩，一切明艳和重色皆为奇异的画笔涂抹绚烂似暗的景致。

她是白色的,她是黑色的,她是安宁又纯净的。

想到即将为此女孩拍私房摄影,飞来艳福的曼妙从毛孔散开,我闻到了深夜寻欢客的求偶古龙水。

"Good luck man～",头戴耳机的企鹅在我耳边聒噪,轻薄羽绒背心换成了夏威夷大短裤。

对了,你拍私房照做什么用?我微信她,迟迟不见回复,于是追加解释:

比如,有的是用来青春存照,把自己最美好年华的身材容貌定格下来。大多数人都是这样的。还有的是工作用途,这类的比较少。不同的需求,拍摄的尺度会不一样。

我曾给两个卖内衣和丝袜的年轻姑娘拍过真人穿版的私房照。其实这类产品大可不必走私房表现。但姑娘们说,一入淘宝深似海,此恨绵绵赛后宫。必须得弄出些幺蛾子才能脱颖而出。对好看的姑娘来说,大概脱颖和脱衣是同义词吧。

工作用。

我掐指一算,卖内衣丝袜开网店?凭着既有的经验,卖弄小聪明。

不是。那种工作,你懂吗?

我懂吗?

满脑海的敦煌飞天神女图,瞬间被魔幻的黑化,坠落人间灯火阑珊胡同,酒肆花坊肉铺。

"This is a crazy world, man～"依旧是那只企鹅字正腔圆缓缓说到。

3.

然而拍摄进程出乎意料的失败。

失败，俨然成了缠绕我的诅咒。

透过镜头窥觑她半隐的裸露，框定画面，找准角度，呼吸放平稳，大脑空白点，千万不要涂抹香艳的画面。你知道，此刻若搭起帐篷，既尴尬又不专业。没有哪个女性愿意与陌生的色情狂男摄影师共处一室。除非你帅如宋仲基。但现实情况是，宋仲基难得，郑中基倒是不少。实在冲动，不妨回忆一些悲伤的事。比如养了多年的猫发情私奔，暗恋的姑娘被兄弟拐走，希志退役，杨颖嫁人，下了马的麻生希不如以前……平静过后，贤人附身，轻按快门，咔哒一声，锁定转瞬即逝的性感。

以上，是我多年来的私房摄影心得体会，屡试不爽。

不过这次，我遭遇大写的窘迫。

尽管"青秋二玉"的酮体堪称艺术品，但于一个职业摄影师而言，没有半分怯场的理由。但它就是神奇地发生了。当这尤物在我与相机前变换姿势抛来媚眼时，除了那里，其余部分都直了。出差回家开门的那刻猝不及防窜入脑海，我被谁从冒着暖气的甲板猛的推进了冰水混合的海域，苍茫无边、空虚寂寥的冷像闯进拥挤车厢的丧尸，大口、大口、大口啃噬鲜淋淋的血肉。全身关节被看不见的禁锢锁死，钉在离她与床不到一米的距离，像极了一根原始部落生殖崇拜肃立起的图腾。

"Are you ok? man."头戴耳机的企鹅衔着烟斗出现。

"傻的啊？拍啊！""清秋二玉"催促，用穿着白色长筒丝袜的脚揣我僵直的身体。这力度并不大，仅仅只是提醒示意的接触，却让我硬挺挺倒下。幸运的是，房间地毯够厚，相机和人俱安。倒是让"青秋二玉"受惊不小。

"哎呀我去。"她走下床，左右两只脚立我身体两旁，居高临下看着我。我亦就地仰望她的美好风光。本应是兴奋激动的暗爽却异化成了越发加重的冰冷寒意,我如突然发烧的病人,打着摆子抽搐起来。

"你……没事吧?"

"没、没啥,就、就有些冷。"我用力呼吸,"请给我张纸,我鼻涕出来了。"

"你鼻涕是红色的?"

"啊?"

"你那是鼻血。"她转身为我拿纸,厚厚一叠塞我手里。

她意味悠远地叹息,脱下丝袜,团成一个球扔进她的行李箱中。将胴体藏进牛仔短裤和T恤后,坐床边极其耐心的将罗马凉鞋细细长长的皮带子缠绕捆绑自己小腿。不用问,私房拍摄已经结束。

我擦干净鼻血,身体的冰冷僵直感逐渐平息。

4.

我没有收她钱,并补了她房费。进一步致歉,我请晚饭。她欣然应允。商量过后,我带她去吃本土地道的串串香。

衡量餐饮业是否跟上互联网+时代的标志,除了可以微信、支付宝结账,店内有无线WIFI,粉它公众号可打折外,就是看谁家的装修逼格高。这逼格并非指视觉效果多么富丽堂皇,无需每个墙角浸透五星级酒店的油润。反倒是追求一种刻意的朴质。比如地板做成水泥漆,大方裸露天花板的管道,餐具座椅一水的无印良品、宜家风。看似粗犷原生态,实则细致有考究。

这家串串店便是这样。内外、软硬装修如上所述,十分行货的餐饮店伪互联网+风。我见惯不怪,"青秋二玉"倒看得分外稀奇。她自叹平时忙于工作,虽然到过的城市不少,实际上却没怎么出门。三百六十行,行行出苦逼。

落座,选好菜,我们吃着闲聊,龙门阵下饭。

"刚你咋的啊?"她果然问到了我方才的情况。

我略作思考,打算据实相告。一来我亦想追究这反常状态的原因,二来太久没有向谁敞开心扉,我迫切需要倒出压抑的情感垃圾。故此,我将怎么遭遇前妻与前合伙人的背叛,过后五个月来的沉郁托盘而出。她听得兴浓意厚,不时插嘴评价,为我分析寻觅反常状态的原因。"哎呀我去"、"小婊砸"、"骚浪贱"的谩骂和着东北腔鲜活蹦出,配合可以做成表情包的丰富面部语言,使得本是贬损的词汇经她道来,竟充满了欢乐的气氛。

"笑啥哩?"

"没啥,"我好歹重回悲戚,"听你这么分析,可能我真是受了刺激,产生情景反射,遇到活生生的异性身体,就会从内到外的紧张。"

"我那也是瞎白扯,对你有启发就好。"

"或许真是这样。"我看着她娇俏的双眼,"聊聊你吧。"

"聊我啥?"

"哪里人,多大年纪啦,等等。"

"查户口呐?"

我以为是拒绝,却随即得到答复。

"吉林小地方的人,今年二十。"

"我正好比你大十岁。"

"所以我该叫你叔叔?"

"我有那么老吗?"

答案自讨没趣。我转移话题:"你的微信昵称好绕口。"

"和我的工作有关。"她视线聚集翻滚的红汤锅里。

"?"

"杜牧的一首七言绝句,名字是取的那四句诗的首个字。"她用筷子搅动锅,夹起烫下去的串,确认熟了后,放入自己油碟中。

"哪首?"

"猜啊。"

"哦,"我打个响指,做出恍然大悟状,"不知道。"

"我去。"她手指迅速点击苹果 6 Plus 宽宽大大的屏幕,找到想要的内容后,举到我面前。"就是这首,'青山隐隐水迢迢,秋尽江南草木凋。二十四桥明月夜,玉人何处教吹箫'。"

"哦,"这次恍然是真,大悟不敢当。"不过这名字和工作有什么关系?"

"最后两个字啊。"

"你是搞乐器的?"

"乐器你妹,我吹那个箫。"

"失敬失敬,原来都是做服务行业的。"

"不会看不起吧?"

"怎么会,如果说教师是'阳光下最伟大的职业',你们就是'月光下最伟大的职业'。"

她皱眉轻声重复,嘴唇与眉头继而舒展,端起啤酒杯:"说得好,走一个。"

喝酒时我瞄了眼,她将满满一杯都灌进了肚,本打算喝一半的我,死撑奉陪。讲真,我酒量很一般,一般到两瓶啤酒下肚,必到厕所翻胃袋。

放下杯子,她颇为爽气的打了记酒嗝儿,将长刘海往后脑勺整理,一双娇俏的媚眼便越加清晰勾魂。

"你此前拍的一些私房片,说不定就有不少是我的同行。特别是那种带着行李箱,箱子里装着不少衣物,又不是穿来拍照的。"

"或许吧。"我双眼上翻,搜索记忆里拍过的姑娘,确实有那么一两位如她所述。"为什么带行李箱的就有可能是……"我揣度这个职业用词,最后选定用"姐妹"代指。

她理解用意地欣然一笑："在酒店开房做的姐妹,都是流动性的。今天在这个城市这个片区的这家酒店,明天可能就会换到另外一个片区或者另外一个城市,所以随身携带一个行李箱必不可少。我们就像是用身体丈量天地的游民,布道无爱之性的牧师。"

口才不凡,定义风雅。"拍这些片子揽客用?"

"对啊,"她手托腮,直勾勾地盯着我,盯得我感觉自己是透明人。她通过透明的我,凝视前方其他的什么地方。"我们服务业的竞争很惨烈的,把自己包装漂亮,才好找更多的客人,卖出更好的价钱。"

"哦。"我不知该接什么话,于是空叹一声以表礼貌性认同。三十岁的老男孩了,绝非什么纯情小鲜肉,对这类似是而非打着擦边球经营自己的"商务模特"早有耳闻。类似"作品"亦未少见。面对面与如此坦陈的"职业女性"打交道,却实属头一遭。气氛忽然变得尴尬起来,或者说暧昧也不一定。喧嚣的店至少半分钟里我们谁也没说话,竞相将大把小牛肉从细签头取下,蘸油碟后连续送入嘴里,用进食将语言吞噬。直到她被辣住咳嗽。咳完喝下酒润喉,才貌似轻描淡写的继续下言:"你玩这些吗?"

我摇头。真心不玩。无论婚前还是婚后,抑或现在的离婚后。我只有两任女朋友,第二任便为前妻,亦只与她俩有过关系。离婚后的小半年,纵然难耐的寂寞和性欲袭来,除了看 A 片手动派遣,我最大的尺度便是找略微尺度的网络直播间,伴随女主播艳舞的身姿和刻意发出的喘息撸自个儿。果然是个 loser。

"同性恋?"

"异性恋。"言毕我补充,"也不阳痿,性功能没有障碍。"

"好同志。"

"不是'同志'。"

她笑:"不带那意思。"

"不过你脚很漂亮,又白又嫩。"

"脚?为什么突然提到脚?"

当然是因为那张微信相册封面照,我说。第一印象先入为主,那双脚漂亮得俨然可以独立的成为一件艺术品而流芳于世。

"哦,还以为你恋足喃。"

"不是。"真的不是,"可能职业习惯,非要说迷恋身体的什么部位,我喜欢看人的眼睛。"

"我眼睛还好?"她征求我赞许似的眨巴双眼。

"不好。"

她瞠目瞪眼怒视着我。

"你眼睛这么勾魂,一不小心就弄得别人家破人亡,太伤天害理了。"

她笑:"大叔挺会聊的啊。"

"有没有想过换个工作?"出口后,我意识到问了一个哪壶不开提哪壶的蠢问题。

但姑娘倒是无所谓:"有啥工作能比现在这个挣钱啊?我是穷人家的孩子,爹妈都是农民,有点薄地,家里还等着我贴补呐。弟弟刚考上大学,他比我出息多了,考的哈工大,厉害吧?"

"相当的。"

"我没啥本事,读书不上进,贪玩,只有语文成绩好,那就早点出来工作咯。东北的经济,不说也知道,年轻人都往外跑。除了北上广深,现在就数你们这儿。我倒感觉你们这儿比北上广深都好,房价便宜,生活丰富。

"最早干过服务员,就她们那种(她瞟眼串串店里穿梭的服务员),钱太少了。后来一个屯的姐妹介绍,刚好家里出了点事急需用钱,男朋友也靠不住,就这样了。"

"你有男友?"其实我想说你有男友还做这个?

"早分了。"她比轻描还要淡写。

"现在做直播也很挣钱。"我突发奇想,"有些女主播,没干什么特别的,唱唱歌,跳跳舞,撒娇,暗示些什么,一个月就能挣到五六位数。"

"扯呐,有这么容易?"

"您稍等。"我拿出手机,点开APP,找到一个类似直播室,换她身旁坐下。

"看。旁边那些什么礼物啊,就是看直播的人买来送主播的,主播根据比例抽成。"

她拿过我手机看了一会,又冒出"哎呀我去"、"骚浪贱"、"小婊砸"之类口头禅似谩骂。骂过后,将手机还我,沉默几秒,用一种混合了委屈与娇柔的眼神看着我:

"大叔,你能帮我吗?"

"帮你什么?"

"帮我弄直播。"

于是我自觉地上了贼船,跳入她随手挖下的坑中。两天后,她带着另外三个姐妹,搬进我本清静得像寺庙的乡间小院。从此阿宁一去不复返,尘世的喧嚣降临。离婚不到半年的我,和四位如花似玉做过特殊服务工作的年轻姑娘同居。

貌似神仙般的日子。貌似。

"Well done, man~"那只神出鬼没的企鹅,一脸坏笑的看着我。

5.

介绍下四位姑娘。

"青秋二玉"叫小月,多多和佳佳是她同乡,一个二十二岁,一个二十一岁。娇娇是四川妹子,年龄最小,才满十九。四人皆高挑白皙,美不胜收。一张张胶原蛋白洋溢的俏脸,一幅幅前凸后翘的妙影,我灰淡的生活忽然之间活色生香。内衣内裤、丝袜棉袜,裙子裤子像万国旗般,占领了我乡间小院的阳台;洗发水、香水、沐浴液、化妆护肤品的混合香氛飘满整个房间,空气里全是青春女孩的味道。连周边的绿植都因这四朵花而越加青翠。

最初的直播异常混乱,姑娘们完全没有头绪,用看了点色情视讯的经验复制粘贴。

明星脸的艳丽性感多多真空穿件吊带睡裙便打开了直播间。

身材最好的腿玩年佳佳对着镜头秀穿丝袜和脱丝袜。

嘴唇丰盈的麻将女神娇娇叼着烟和网友聊骚。

小月则干脆直播盖张小凉被裸睡……

吓得我赶忙叫停。

"妹妹们,你们想被封号上黑名单吗?"

四个脑袋一齐摇头。

"俺们整点儿正常的行不?"我已逐渐被东北腔化。

"整啥哩?"四个声音同时问。

"你们喜欢做什么,就去做什么,除了做爱做的事。"

我俨然她们的经纪人,帮其分析各大直播网站的优劣势,为四人量身打造直播内容。

于是多多立志将亚洲四大妖术之一的日本化妆术发扬光大,成一代化妆造型直播教母。无论是男是女,给她半小时,她都可以将其变为亲妈和枕边情侣都认不出的另外一个人。我成为她的模特后,才发现自己还有混迹泰国芭提雅红灯区的潜质。

一双美腿打天下的佳佳,将自己定位于街头时尚潮流代言人,直播服装搭配。当然,重点依然是腿,所以她的搭配少不了丝袜高跟鞋、紧身裤露脐装,还举一反三地将直播间弄上了街头。她的三个姐妹以及我,成其街头直播的助手。

麻将女神娇娇原来不光会赌,还是各路网络游戏高手,于是她顺理成章搞起了游戏主持。俏丽外形+会骂会说似乎做得顺风顺手,半月不到,被王校长的直播网站签约成为付费主播。后生可畏。

最让我意外的是小月,她有一副不输专业歌手的好嗓子,嗓音特质介于张靓颖和张碧晨之间。她有种天赋,能将自己的情感带入其中,无论谁的歌,什么曲风,经她演绎,都会镀上她的印记,变成一首熟悉又崭新的歌曲。比如薛之谦《你还要我怎样》,被她唱得婉转流长,听之动容。

"RB,爵士,流行……为什么不唱摇滚?"

"人家这么甜美,唱什么摇滚嘛。"小月说,"不过亚当·莱文的一首歌可以试试。"

"?"

"《Lost stars》,电影《音乐改变人生》的主题曲。"

"那就唱呗。"

小月嘟嘴摇头:"那是首很独特的歌,等有心境的时候再挑战咯。"

"什么心境?"

她深呼吸,屏气三秒后吐出:"就是这种要窒息时忽然能吸上气的心境。"随后莫名其妙没心没肺笑。

我录下她唱的每首歌,最近习惯听着入睡。我为她分析最擅长的曲风,为她布置房间。从选歌到选装饰,从她的穿衣打扮到粉丝互动聊天,我俩一起雕琢每个细节,为每一小小进步欢呼,为每一点点增粉雀跃。即便她和我身处同一屋檐,每当她开始直播,我乖乖似迷弟进入她的直播间,戴上大耳机听她唱歌,看她唱歌时的神情。何等视听的盛宴。那是不同于任何时候的小月,那是一张将灵魂灌注进歌声的脸,那是一份让我不期然心动的颜。耳听其声,眼观其人,有种什么东西在我胸膛深处播种开花,我重新感受到这个季节该有的炎热。

夏天好热,爱情更热。
我肯定你最好的功课不是语文,应该是音乐。不参加唱歌选秀?深夜,我在我的房间,给隔壁房间的小月发微信。
今年报名已经结束了,要不明年你陪我?隔了几分钟,她回复我。
我害羞。
她发来一串鄙视和不信的表情。
哈哈,我参加的话,怕你只能拿第二咯。
扯,继续扯。
……好吧,我其实五音不全。
这还差不多。没事,你陪我打气就成。
好啊。
大叔我想睡了,今天很累。
晚安,好梦。最好梦见我。
她回复一个笑脸。

心里的那朵花绽放开来,房间也需要开空调了。

"Can't help fall in, man～"那只企鹅打扮成猫王的模样,冲我挤眼。

6.

小月火了。
她将韩剧《太阳的后裔》里的配曲《ALWAYS》改编成中文歌词,深情演唱,一炮而红。

每当我看见你

时光依旧荏苒,却又一切停滞
不知这是因何而起
炫色阳光,如梦君临,撼动我心
也许,这就是你我的宿命
I love you
你可在听
Only you
请闭眼侧耳
你随风轻盈而来的爱情
……

有颜值又有才华的人,注定不会被埋没。
你能想到的所有鲜花与掌声,如饴如蜜。
她登上了网络热搜和腾讯弹窗新闻的花边头条。
她所驻场的直播平台重金签她。
我顺势为她注册了全新的微博,粉丝数不到一月突破百万。
甚至收到湖南卫视的邀约。
经济公司如潮喷涌,不乏有实力有背景的大咖。这本非我的鲜花围绕的日子,用脚趾头来思量,要到尽头了。

愿你们的生活如沐春风。

"大叔,谢谢你。"多多身体紧贴搂住我脖子,她"花漾甜心"的香水味直窜鼻腔,我瞬间心猿意马。
"没什么留念,要不送你几双丝袜,原味的哦。"
我笑拒佳佳的好意,她送上拥抱。这个香水味应该是"迷情"。
娇娇小跑,跳我身上来了个熊抱,摇摇晃晃差点摔倒。
"大叔是我喜欢的类型,我很期待和你约会的哦。"

如此表白加吧唧有声的面颊亲吻,弄得我脸一阵红。

最后是小月,最后是小月……

她站我面前,良久。不施粉黛,微微雀斑俏皮可爱。令我想起她唱过的一首歌,《look at the freckles on your face》。那双媚眼少了份平素的勾魂,多几许难见的深沉。

"加油,下一站天后。"

"嗯。"她点头,头抬起的时候一拳敲我胸,"秋凉了,别感冒。"

我懂她的意思。

"找个好姑娘。"

"你啊。"

"傻的啊。"她别脸笑。

我一把将她抱进怀,想说什么,却梗在喉间,轻拍她后背替代了语言。

就这样,四个姑娘搬离了我的乡间小院。

"Do you feel down? man～"企鹅托腮,躺小月睡过的床上,坏笑不改。

7.

秋去冬来。

大概是春夏挥霍了太多睡眠,到该赖床的季节,我反倒一日三餐规律作息。我将小院改造成摄影棚,接拍产品及定制个性化摄影。业务量不算多,倒算稳定,挣的钱足够日常开销,甚至说供养一份舒适的生活。

四位姑娘发展得顺风顺水,特别是小月。上综艺节目,发 EP,走秀,俨然成了火热上位的小明星。

她不在,她又在。

不曾忘,不易忘。

而念念不忘,必有回响。只是,这个回响来得并不美妙。

2017年春节前夕,小月再次成为头条封面人物,因为她曾经的工作被拍下的一组香艳照片与视频。

风光时,你能想到的所有鲜花与掌声,如饴如蜜。

跌倒时,你想不到的所有嘲讽与谩骂,如枪如箭。

这就是网络,这就是人言。

today I am dirty
and I want to be pretty tomorrow
we are the nobodies
we wanna be somebodies
when we're dead
they'll know just who we are

企鹅戴着浮夸的银色大墨镜,唱着玛丽莲·曼森那首声嘶力竭的歌。

一个细绵的冬雨夜,小月再次叩开我的门。

"好久不见啊大叔,有没有想我?"她一脸灿烂的笑,是寒冬不应绽放的油菜花。长发与脸庞湿漉漉,米色巴宝莉风衣被雨水浸成了深咖啡,粉色的中号拉杆箱鲜艳得有些腻。

"肚子好饿啊,有啥吃的吗?"

她将湿风衣随手扔地上,风衣下她穿了件高领毛衣和露出脚踝的紧身仿皮裤。进屋后,她在我们共同生活过的空间里晃荡,似乎是在找吃的,却又对餐桌上的薯片、奥利奥视而不见。

"诶,看起来大叔还是单身哦?"

我拿了张干毛巾跟着她上二楼，去到她曾住过的房间。

"真好，还有我的拖鞋。"

她坐她曾睡过的床边，蹬掉湿成黑色的 LV 小靴子，换上拖鞋。那是一双夏季人字拖，白里透红的双脚没穿袜子。

我将干毛巾盖她头顶，为她擦长发。她脑袋靠我肚子上，喉管发出咯咯的笑。几秒后，这笑声被谁按下了转换键，靠我肚子上的脑袋连同身体抽搐起来。压抑的哭声从遥远彼地传来，毛巾下的她抓住我的衣衫用力拉扯，如落水的人拉一根岸上的藤条……

"Welcome back, pretty～"企鹅看着我和小月，投来 37.5℃ 的微笑。

那晚后的小月，变成了出差开门后的我。

白天还好，我们有说有笑，窝沙发里吃着零食喝着饮料，看上一整天的电影，或者玩上大半天的游戏（她们搬走后，我买了一台 PS4）。糟心事也好，风光事也罢，简直从未曾发生。

但到了夜里十点半，她像被设定好时间的闹钟，情绪急转直下，骤然失控。眼泪夺眶而出，无声抽泣，继而哀号。就算开着暖烘烘的空调，即便身裹厚厚的棉衣，她似裸身站雪地里般剧烈颤抖。无论我怎样抱住她，都无法抑制。更糟糕的是，鼻腔流出血，一如当日的我。

我无计可施，唯有拥她入怀，轻拍后背，哄小孩般给她讲故事，聊不着边际的话题，拭干泪痕与血迹，等待她缓慢平复。

这样的状况持续了三天。

"Sing a song to her, man～"企鹅在第四天的下午说。

或许，音乐是救赎。

"唱什么喃？"我问企鹅。

"《Lost stars》, man～"

"一闪一闪亮晶晶?"
"Are you nuts?"
"可我五音不全……"
"If you want something, go get it～"
小月没心没肺的笑浮现眼前:"Can you teath me, hansome?"
企鹅满意一笑:"Follow me～"

那是一曲繁星缀天的歌,一首毒鸡汤的诗。我唱得灾难,听的人慈善。怀着涅槃的心情,企鹅舍命相授,我赴死训练。我要大声唱给小月听,我要给她不再颤抖的温暖。

夜晚十点半差一分,三人沙发两个人。或许六十秒后,血与冷又会吞噬小月。
"听我唱首歌。"
"你不是五音不全吗?"
我打个响指,企鹅抱着吉他出现,《Lost stars》的前奏从他指尖流出。

……
Who are we
我们是谁?
Just a speck of dust within the galaxy
我们只是是宇宙中的一缕星屑
Woe is me
平凡如我
If we are not careful turns into reality
以为梦想会侥幸成真
But don't you dare let our best memories bring you sorrow

但即便失望受伤,也不要沉湎痛苦与回忆
Yesterday I saw a lion kiss a deer
如同我曾看过狮子亲吻小鹿
Turn the page maybe we will find a brand new ending
你也能忘掉灰暗的过去,迎接无限可能的崭新未来
Where we are dancing in our tears
那时我们相拥而舞,喜极而泣
And god, tell us the reason
万能的神,请你告诉我
Youth is wasted on the young
为什么青春总浪费在少不更事时?
It is hunting season
弱肉强食
And the lambs are on the run
难道羊羔的宿命就是被猎杀?
Searching for the meaning
难道不能寻找生命的真谛?
But are we all lost stars
即便我们只是迷失黯淡的星
Trying to light up the dark
也要点燃这浑噩的天空
But are we all lost stars
即便我们只是迷失黯淡的星
Trying to light up the dark
也要点燃这浑噩的天空
……

"呀,好难听。"小月笑,眼里含着泪。

"十点三十五,你没有发抖诶。"

"傻的啊,我想发抖吗?"她的肩头微微颤动,她的语音带着哽咽。但我知道这不是那样。

我坐到她身旁,深呼吸,屏气,却迟迟不吐出。

"傻的啊,脸都憋红了。"

我捧住她脸,把嘴凑了过去,舌头软软的,甜甜的。

"快要窒息时忽然吸上气,是这种心境吗?"我拭去她溢出的泪。

"我……我……我不是好姑娘。"

"我……我……我还离过婚,比你大十岁。"

她拳打我胸:"不许学我。"

"那不准哭咯。"

她哭着点头。

"傻的啊。"

"又学我。"她破涕为笑。

我紧搂住她,用吻拭去她新溢出的泪。咸咸的,暖暖的。

"Happy ending, man～"

企鹅标志性的坏笑,《Lost stars》的旋律在空气中循环流动。

失恋拍档

1.

2015 年 6 月 30 日，初夏凌晨 1 点，大排档夜不收街头，15 分 36 秒，我遇见了她。

削瘦高挑身材套了件遮住膝盖的橄榄绿吊带裙，肩头与胸口露出紫色内衣边，纤长手指似娃娃机的爪子般勉强夹着罐 500ml 嘉士伯啤酒。质感轻薄的珍珠黑皮夹克软趴趴落脚边，与一个满是贴纸、可以装进具尸体的大白行李箱组成颓废搭档。昏黄路灯映衬下，是即将被杜康及睡魔拖入泥沼沉醉的失意人，浑身每个毛孔都散发出"烦着喃，别惹我"的拒绝信号。尽管如此，她山谷月光碎在清凉溪水才会有的澄澈容颜告诉我，这是一位温婉柔顺、贤淑慧性有修养的好姑娘。

"你妈的，看什么看，没见过人失恋啊。"

我偏爱腿长细白的女孩，即便她们躲进了红棕色长靴里，也不会阻挡我的视线。虽然这份窥视偶尔会令人不快。

"失恋了不起啊，我也是啊。"我对她说，并打了个酒嗝，从胃里涌出二锅头、烤串混合发酵的浓烈气味。

"你妈的,要比惨吗?"她不开口的话,会更加梦幻迷人。

"比就比,谁没一点破事啊。"

"来啊,坐过来。"

于是我走上前,和她肩并肩坐人行道边。

"你喝了多少酒?"

"三瓶二锅头。"

"没我多。"女孩将垂下的长发往脑后拨,东方人不常有的挺鼻凹目棕黄眼珠令其多了几分异国风味。"我喝了十一罐。"

"啤酒才几度? 除了涨肚子尿急,就没啥了。"我太阳穴一挖一挖的发痛,若是再有凉风吹来,恐怕即刻直播。

"你妈的,平时我不喝酒的。"女孩嗤嗤发笑,随后补充,"也不说脏话。"

我微笑回应。

"听说失恋时,会用喝酒的量来判断心伤得有多深。"

"所以你怎么个惨法?"

"我男朋友和我闺蜜跑了。"

"防火防盗防闺蜜,俗,特俗。"

"那你怎么个不俗法? 你失恋都失出骨骼清奇了吗?"女孩喝口酒。

小学时得过作文比赛一等奖的我稍作酝酿:"我女朋友跟一个女人跑了。"

她仰头大笑。

"够清奇脱俗吧。"我盯视她那颜色奇妙的瞳仁,没戴美瞳的瞳仁。

"有意思,说说看。"

我大脑CPU极速运转:"她是个朋克女,玩音乐,文身,骑机车。重型的哦,才不是什么小排量踏板车。1000CC阿普利亚,还漆成粉色。"

"等等,是那个网上热搜的机车女?"

"是啊。"

"叫什么名字来着?"

"粉小兽。"那是她的网络昵称。

"你可以啊,有个网红女友。"

"是有过。"

"对对对。"她把酒递给我,所剩不多,我接过一气喝光。罐口有她唇彩的味道。

"朋克女三大配置,文身、机车、睡女人。所以你不算惨了。"

"她偶尔睡睡我可以接受的,说不定还能和她女朋友组成三人家庭躺一张床,是吧?"

"你妈的,男人都是下半身思考的动物。不就嫌我胸小,贱人胸大嘛,你们男人是不是都爱大胸啊?"

"关键是,她给我说,和那女人才是真爱。"我答非所问,"和一个比她小两岁,篮球队的女的是真爱,你说搞笑不搞笑?"

"他喜欢胸大的,可以坦白给我说啊,大不了我去隆嘛。"她打酒嗝,打得眼里泛出了泪花,"你妈的,出轨也看看对象嘛,偏偏是我闺蜜,我从小学、中学一路走来的朋友。"

"女人是衣服,兄弟是手足,断手断脚又没啥衣服穿的也不少见。"觑眼她领口露出的内衣边。"顺便说一句,我能接受你的乳量。"

我抬起左手抱她,被她甩开。手打在她行李箱上。

"你怎么拖这么大个东西?"

"废话,分手了当然要从他家搬出来。"

"看来你比我惨。"我双手搓脸,眼睛干涉发痛,眼角挂着些分泌物。"我好歹还有个窝,真的是窝,老小区五十来平套一。"

她将脑袋埋进屈坐的大腿里,调整呼吸,平缓急促。

目测杜康与睡魔已然降临。

"你有地方去吗?"

她摇摆手指替代摇头。

"去我家吧。"

167

"去你妈的。"她抬起头,双眼发红,长发凌乱,有几缕贴着面颊,有一缕钻进嘴角,"就算我现在失恋伤心,也不是可以乱来自暴自弃的人。"

"没别的意思,就是提供一个临时可住的地方。"

"住你大头鬼,套一的房子,有两张床吗?"

"我睡沙发嘛。你放心,绝对安全。"

"我凭什么放心?你下面可以取出来锁柜子里吗?你们男人都是下半身思考的动物。"

"我酒喝多了阳痿。"虽然早前闻着她的香水味,我已些微激动。这是句并不高明的谎话。

她向我竖中指。

我将中指压回她手掌:"安啦,真的没有不轨之心。我之所以想帮你,是因为我们都失恋。同是天涯沦落人,相逢何必曾相识。"

"还春宵一刻值千金喃。"

"你想要的话,我义不容辞扒衣相助。"

她打我一拳。不算很痛。

"考虑下吧,惠惠。"

"你叫谁惠惠喃?"

"你呀,翻版朴信惠。"

她笑:"虽然你是第一个这么说的人,但我自己也觉得和她挺像。"

"还比她高些吧。"

"是嘛是嘛,我净身高一米七二。"

"哇,完全可以当模特了。"

"本来就是。"

我向她竖大拇指。

又打了个酒嗝后,她忽然松口,"真的只是借住一晚,没别的意思?"

我点头,头晕得点下去便似乎难以再抬起:"真的真的,不信拉钩。"

她笑:"小孩子才信拉钩喃。"

却将小手指伸给我勾住。

"你不觉得,我们有些像失恋拍档?"我突发奇想。

"?"

"工作有工作的拍档,打球有打球的拍档,所以失恋也该有失恋的拍档,就像我们现在这样。"

她朝后仰身,地心引力拉住顺直长发,用穿越星际的杳渺目光,朝我投来薄如蝉翼的心悦一笑。昏黄的夜瞬间被点亮,盛放节日焰火的浮夸与妖娆。所有的梦被惊醒,囚困的流星被释放。我看到梵高的《星月夜》在空气中旋转流移,和林志玲长得一模一样的爱神,穿着内衣丝袜高跟鞋飘然而至,恭喜我拿到了精神病院的门票。

2.

那晚的的确确没有发生什么。

回到家后,她直奔我卧室,反锁闷睡,任我如何敲门诓骗哀求都不回应。

我本想打开她五花贴纸大白行李箱,挖掘些少女秘密的内衣内裤袜子等甜蜜小物件。幸而残留的道德感让我与意乱的猥琐拉开四分之一万艾可的距离,在下半身代替思考之前,及时打消了 DIY 的预谋。

之后披着睡魔斗篷的杜康彻底降临,我宛如她蹬掉的长靴,软趴趴倒沙发一直睡到被她踩醒。

是的,被踩醒。

温凉的节奏一下下踩着我脸。睁眼看到脚离开的轨迹,回到 Hello Kitty 的人字拖鞋里。脚似其主人般瘦削颀长。她换了身背心短裤的夏日家居服,双手拿着我的大毛巾擦湿漉漉的中长发。蓝与红的衣料下,传来阵阵沐浴液的香味。

"昨晚谢谢了啊。"

我想说你道谢的方式挺奇特,刚吐出第一个字,干得起火的喉管将后面的内容烧成灰烬。

"我做了早饭,虽然已经过了早饭时间。你还是起来吃了吧。"

支起身,脑袋里有支工程队在施工。小餐桌上摆着两个盘子,一个已空,一个盛有煎鸡蛋和火腿肠。浇灭喉管邪火的水当然必不可少。

"你自己吃着,我换身衣服收拾一下。"她走进卧室,将门轻轻关闭。不久,里面传来吹风机工作的声音。

她再出现时,我正将最后一点早餐收进胃袋。她涂抹了些淡妆,大白行李箱紧随其后,长靴装进了大纸袋里。安娜苏 Dolly Girl 的香水味盖过沐浴液。家居服已换成了明黄色套裙,裸腿套双 Lacoste 白帆布鞋,她比早餐更可口。

"我走咯。"

"去哪儿?"

"租房子啊。得赶紧解决住的地方。"

"不嫌弃的话,我这里可以先凑合下。"

"嫌弃。"她温婉一笑说出不温婉的话。

"你好了?"

"什么好了?"

"感情问题啊。"我觉得她在装傻。

"哦,"她俨然需要被提醒才会想起一个无关紧要的事般恍然,随后颇为潇洒的吐出一句"男人是狗,滚了还有"。

高见。

"稍等我收拾下,陪你一起找房子。"

"不用。我约了朋友,他就快到了。"

"哦,"我抽张餐巾纸搽干净嘴,用舌头刮掉牙齿上可能的残留物。"男的女的?"

"不关你事。"

确实如此。

"好歹让我帮你把行李箱提下去吧。"

"不需要,没那么柔弱。"她冷冰冰拒绝,"拜拜咯,谢谢你昨晚收留了我。"听起来却并没有多少感谢的情愫。

"等等。"我叫住已经打开大门的她,"能留个联系方式吗?"

她力度轻微地转身注视着我。

"相逢何必曾相识嘛,何况我们差不多同时失恋,挺有缘。"

二分之一秒的犹豫后,她留下了微信号。

"如果再失恋,随时联系我。"

她嘴角上翘:"这是诅咒吗?"

我被她的笑感染:"不是说了我们做'失恋拍档'嘛。"

"行,可能中国男足再进世界杯的那天,我会因为失恋来找你吧。"

言毕,门外侧的空间将她吞噬。

从临街的窗户望去,离开后不久的她,等来了一辆斗牛犬般的黑色奥迪 Q5。打扮帅气的男人如狗殷勤迎上,帮她将行李放进后备箱。

而她显然低估了自己的恋爱崩坏速度。

未曾多久,我和她真的结成了"失恋拍档"。

简直就像比赛着失恋一般,或者说我俩沉迷进了失恋的五味杂陈里。马不停蹄和某人恋爱,又急不可耐分手。透过一个个新鲜的人,去体会去享受五彩斑斓的生活。

各种花式奇葩失恋法似乎都被我俩试了个够。每到那主动或者被动的分道扬镳时刻,我们挖出对方,吃饭喝酒吐槽,将彼此变成了情感垃圾桶及心碎俱乐部。

她因为一个男人手指长会弹钢琴而喜欢上对方,又因为他不会弹唱周杰伦的歌和他拜拜。

我说我会因为一个女孩把袜子穿得很可爱而去追求对方,但发现她只穿不洗后避而远之。

她因为一个男人红烧肉弄得好吃而在一起,却又因为他只会弄出这一道好吃的菜撒哟娜拉。

我说我会因为一个女人的穿衣品位爱上对方,但看到她的拼装内衣后立马临阵脱逃。

她因为见对方父母时不小心放了个屁被分手。

我说我因为买电影票时用的微信支付却不是支付宝被甩。

她在男人家里出恭,没注意让便秘三天的大屎堵住了马桶而恶心得男人不举。

我说我不过坐床上抠了会儿脚,便被女人一记侧踢踹进了大街。

然后是大口大口喝酒。

红酒白酒、清酒烧酒,啤酒、威士忌伏特加龙舌兰苦艾酒……

新世界旧世界,阿里嘎多康桑密达,酱香浓香浓酱兼香,黄啤黑啤红啤白啤,苏格兰波本纯麦谷物调和,原味混搭火祭冰冻加盐……

我俩以失恋为借口,大行饮君子之乐。

喝得距昏天黑地不省人事 0.01 公分,与撒疯乱性相差毫厘。

不过,讲真,无论她抑或我,谈论这些话题来,都没什么心碎的成分。能与一位颜值身材俱佳的女性朋友把酒言欢无拘畅谈,是份缱绻悠远并深具回味的寄托。

"你也和我一样谈了不少恋爱,怎么没见你在朋友圈里秀过恩爱啊?"最近的一次吐槽聚会上,半醉的她心血来潮般问我。

"因为没啥颜值可秀的。"我把她杯里的酒倒进自己的杯子。

"想秀吗?"

"看和谁秀。"我把她面前的酒瓶收到自己身后。

她忽然搂住我脖子,拿我的手机自拍。我的手机是联想 MOTO X,有型好用又便宜,不过没有指纹锁,也懒得设锁屏密码。

"秀吧。"

"去,没你这么浪的女友。"我笑得挺开心,仔细看了几遍照片,打算设置成壁纸。

"我在想,"我勾着她,"你我这样折腾,还不如就我俩凑成一对算了。"

她将我手从其脖子上甩开,虚眼朝我喷酒气:"你妈的,别借酒揩油啊。"

"刚才你不是才主动过吗?"

"我是看在战友的情面上同情你。"

露天夜市,烧烤摊旁。恍惚的灯光烟雾萦绕,暧昧虚幻得糜烂又脆弱。有种情愫,天知地知杜康知,偏偏她不知,或者装不知。

"失恋战友吗?"

她笑,想找酒喝,发现面前空了。伸手找我拿酒,我递给她一瓶豆奶。她会意接过。

"如果我二十四岁还没找到合适的对象,我再考虑你。"

她现在二十三岁,明年4月2日满24岁。此刻2015年9月26日。不算久,只是七个月左右而已。小于二百一十天,不到五千零四十个小时。

我对自己说。

3.

再见面时是十一月初。她的电话吵醒提前冬眠的我。

"在哪?"

"床上。"

"都大中午了怎么还睡?赶紧起来收拾下。"

"又失恋了?"

"还没开始喃,失什么失。"

"哦,"我坐起身,将手机调成免提模式,一面聊,一面穿衣,"难得你正常时候还想起约我。"

"约什么约,叫你陪我相亲的。"

"什么情况?"手机拿回耳边。

"我妈朋友给我介绍的……"

由于开的免提,音量大得震耳,我赶忙又将手机调回听筒模式。

"喂喂,什么情况?"

"刚才不是说了嘛,相亲,让你帮我参谋参谋。"

于是约好碰头的时间地点。

我打开衣柜考虑穿什么。

HM 金属对襟扣翻领黑毛衣套优衣库做旧限量机车皮夹克配破洞牛仔裤搭匡威牛皮复古 ALL STAR? 太街头,PASS。

太平鸟米色风衣及 ZARA 黑色修身裤再光脚穿 TOD'S 豆豆鞋? 有点 GAY 气显矮又不保暖,淘汰。

DKNY 深灰套装西服,无印良品藏青高领毛衣,热风仿菲拉格慕黑漆皮乐福鞋,微商版巴宝莉大围巾,再背一个 MCM 酱蓝铆钉双肩包? OK,就这身,够喧宾夺主骚包砸场。

相亲地点在市中心一家 VINTAGE 风格的咖啡店里。店门虽然不大,但进入后却别有洞天。六米层高,上千平的面积,加上水泥漆地面及墙面处理,活脱脱一个工业间。

已落座的她朝我招手。背对我的男人,即她的相亲对象也随之转头向我微笑。就男人看男人而言,这家伙形象不错。外形酷似台湾影星赵文瑄,分明就是刚从《喜宴》的片场走出。目测年纪 30 岁上下。他亦高领毛衣套一身西装,鞋子是布洛克雕花款式。

"叫你陪我相亲,你倒也穿得像是来相亲的。"她眯细眼睛笑,这生动的表情更令人想起朴信惠。

女主角今天当然分外漂亮。

驼色兜帽大衣下,搭了件质感柔软的翻领白毛衣,珍珠项链既高雅又复古。穿着黑裤袜的细长小腿和粗条纹阔脚裤是对和谐的矛盾,同色系的尖头麂皮平底靴后跟缀了排晶亮的装饰物。

我丝毫不会错觉,是我和她在相亲。

如果多余的男人不开口的话。

接下来是假模假式的三人聊天,男女主角唱大戏,我坐旁傻笑迎合调节气氛。男人颇健谈,虽然内容无外乎是相亲的惯常话题。自我介绍,你有什么爱好,我有什么经历。我的理想婚姻是什么,度蜜月你想去哪里?

度蜜月,聊天进度能不能再快一点?往下该不会直接开房造人了吧……

"失陪,我去趟洗手间。"她说。

洗手间在二楼,她走出五米远后,我决定祭出砸场神句。

"兄弟,如果你喜欢她,请记住以下几点……"我眼望男人,满含真诚,单刀直入,大伪似真。

"请讲。"男人笑盈盈。

"第一,她喝酒后爱说脏话,比如'你妈的'。可能还会配上拳脚,但不痛,除非被打中老二。我想你肯定能包涵。"

与她初见的场景浮现脑海。

"第二,她叫醒人的方式比较特别,用脚踩脸。我估计她有点S倾向,希望你是M。"

面颊泛起她脚底的触感。

"第三,她是个嘴上说没什么,其实分外走心的人。相处时,你要揣摩她心思,别被大大咧咧没心没肺骗了。"

她假装潇洒的倔强,是我中意女孩的特质之一。

"第四,多劝她吃蔬菜水果,她容易便秘。就算她拉大屎堵住了马桶,请别嫌弃她。"

即便是朴信惠本尊,也会拉屎放屁抠脚皮。

"还有喃?"见我没再说话,男人问。

"没了,暂时就这些。"我起身,"先走了。"

"别,咱能不搞得跟《野蛮女友》一样吗?"男人掏出盒七星烟,递给我一根。一毫克的薄荷爆珠款。我俩分别用打火机点燃。

"等她来了,我给你看幕反转剧。"

反转个屁,你识相的话赶紧自己走才是正确的后续剧情。

我在心里说。

"不好意思,久等了。"她带着更浓一层的香水味回归。

"王小姐,有件事我必须坦白。"男人说。

"?"

"你不会有私生子吧?"我帮其发问。

男人微笑未予回应,手伸进自己的西服口袋,拿出一个钻石耳钉戴自己右耳垂。

她的眼睛瞪得不比我的小。

"抱歉,我其实是有个交往三年的男友了。当然我家人并不知道,我33岁了还没有结婚也没有女友,所以父母安排相亲。"

男人起身,招呼服务员买单。

"王小姐,叶先生不错,你不妨考虑考虑他。我取向的事,还请保密。现在没到我对家人坦白的时候。"

言毕,男人道别,阔步离去。

沉默两秒后,我俩目光交织,同时爆出笑声。

"现在干吗啊?"

"现在属于我们的约会了。"我说。

我们抱着爆米花看《史努比》,她把我的头发梳成了查理·布朗同款。

我们打电动游戏,《街头霸王Ⅳ》。我在屏幕里 KO 她,她在现实中 KO 我。

我们吃麻辣烫,吃到可以不用扣皮带,吃得我的套装西服、她的羊毛大衣打包了店里所有的味道。

明丽的光,是为了我俩而发亮。

城市的喧哗,是为我们定制的移动盛宴。

雾霾的空气变得甜丝丝,飕飕然的寒风是温暖的。

晚十一点,她家楼下。她租了套府南河桥头旁的独栋小户电梯公寓。

"我听说在这里的 22 楼看夜景不错。"

她上翘的嘴角带着婉拒的遗憾:"你该回家了。"

只差一步,我的右脚便会踩在入户大堂的大理石砖上。已在那片冰冷浮华空间里的她向我投来"再见晚安"的安抚目光。

"什么时候能让我去你家喝杯茶?"

"只是喝茶?"

"我挺会做按摩的。"略微思考,我终究将急欲迈步的脚收在了原地。

没有言语,留下一个回味的微笑后,她转身离去。

站公寓对面的街道,看到她的窗户被灯点亮。

慢一点的感情活得更久。

我对自己说。

4.

然而她的感情却死得突然又彻底。

转眼 2016 年,春节未至,她前男友与其前闺蜜结婚了。

以为度过情伤的她,其实只是强迫逃避。当这消息如泥石流袭来,她避难的小木屋彻底湮没进滚滚黄土黑浆中。

"喂,出来。"

电话里的她已然醉醺醺。

我在一间白天也营业的酒吧接到她。

灰色羽绒大衣下,一身 Hello kitty 冬季卡通家居服。棕黄短款 UGG 羊毛鞋里,只有一只脚穿了袜子。脑袋沉重停滞白桦木桌面,长发被地心引力拉成冰针。呼吸因她而沉闷,视线也变得混沌。

透过额前乱发的缝隙,她冲我傻笑。眼睛和脸颊红通通,因为半瓶下肚的绝对伏特加,因为前男友与前闺蜜的婚讯。

我鼻子忽然泛起酸涩,双眼亦潮湿几分。

"走啦,神经病,大白天的醉酒。"

我抱她,她搂住我,在我后背敲鼓般打上一通醉猫拳。

"我想去唱歌。"她半张着眼眸说,"你陪我好不好?"

难道我会拒绝?

转场来到 KTV,MINI 包间,半打百威。本不想再点酒,她偏要,拿起便一口气倒进胃袋半瓶,又立马喷了出来。

"你躺会儿,听我给你唱歌。想听什么?"

她抱着团成球的羽绒大衣小睡歇酒。

"听我唱张学友吧,他们说我是半个歌神。"却点了张国荣的《狂野如我》。

……

狂野的心　狂烈的爱　狂热的情
燃烧在夜里
狂野的心　狂烈的爱　狂热的情
燃烧在夜里

......

"我也要唱。"她忽然起身,爬到触摸屏前,晃晃悠悠点了周杰伦的《说了再见》。

......
想要放　放不掉　泪在飘
你看看　你看看不到
我假装过去不重要
却发现自己办不到
......

然后是刘若英的《成全》。

......
不为了勉强可笑的尊严
所有的悲伤丢在　分手那天
未必永远才算爱得完全
一个人的成全　好过三个人的纠结
......

到高潮部分,她已泣不成声,扔掉话筒拿起酒。
"神经病,回家睡觉啦。"
"好。"她嚎哭,瘦高的身躯躺在我怀里,我像个导弹的支架。难言甜蜜,分外喜感。

没想到即便这样,她亦未让我进家门。
入户大厅前,她说自己可以上楼,谢谢照顾,时间不早了你回家吧。

心中一万匹草泥马屎尿齐飞讪笑奔过,身穿内衣丝袜高跟鞋的爱神林志玲向我送来一只备胎。

加油,加油哦……

不,我连备胎都不算吧。

我只是她的"失恋拍档",一个心情不好便拉出来喝酒吐槽,平时里电话微信啥也没有的特定宣泄对象。

在她数量庞大的备胎群里,末席是什么坐感我的屁股都体验不到。

我愤怒,我狂躁,我委屈。

忍无可忍,无需再忍。

"你妈的,别走。"我指着她大吼,把她吼愣住。

"你妈的,老子根本就没有什么网红机车女友,老子是为了和你套瓷瞎编的。老子也没有什么只穿袜子不洗袜子的女友,没有什么穿拼装内衣的女友,全他妈的都是老子编的。"

她些许回神,结结巴巴问我:"你、你、你编这些干吗?"

"去你妈的,还装什么处女傻。"我保持愤怒持续输出,"老子看你第一眼就喜欢你了。"

"你、你怎么不早说。"

"我、我说个屁。"我拉扯大衣衣角,"你净身高一米七二,我他妈穿鞋子才一米七二。你是模特,我是金融民工,你一个月只工作一周都比我一月挣的钱多。你身边的男人哪个不是开着三十万以上的车,不是什么老板高管就是富二代海归派。我只是个穷屌,我配不上你。"

"但我他妈的就是喜欢你,"一阵寒战过,我眼里不争气的泛起泪,"我喜欢你喝酒了骂脏话,我喜欢你的心口不一,我喜欢你的表面骚浪贱其实内心比谁都清纯,我喜欢你是翻版朴信惠,我甚至喜欢你用脚踩我脸把我叫醒,我喜欢你弄的早午餐,我喜欢你的大白行李箱,我喜欢……我、我……"

我快速用手抹掉不争气的泪和鼻涕,深呼吸后平静,平静后便失去了说话的动力。她用望穿秋水肠欲断的目光不发一语看着我,五秒后转身离去。

或许，这就是表白后理应承受的结果吧。
失恋，但不再有拍档。
我双腿钉在原地，掏出纸巾出声揩鼻涕，揉成一团重重扔掉。
没什么大不了的，不过是失恋嘛。喝点酒，睡一觉，太阳照常升起。
彻底平复心情，我掏出手机，准备删掉她的一切信息，包括那张用作壁纸的合影。

手机震动，她发来微信。
心脏猛烈收缩，眼前黑了足足一秒半。

  我想有个人来我家里给我捏捏脚。某人不是说自己按摩技术很好吗？

于是世界重回光明。

四人行

杜锋

三十岁后，杜锋越发重视自己的形象。

首先是身材。

无论多累，不分寒暑，睡前坚持做简单机械的力量训练，俯卧撑与哑铃。不过两年时间，由刚开始的三组 60 个，增强至现今六组 180 个。体重从当初的脂肪型 145 斤，蜕变至如今的肌肉型 150 斤。多年来在林瑞的熏陶下，衣品本不差。身材的良性改变令他对各种服饰的驾驭更为自信。尽可能保持一周一次的篮球时间，享受奔驰，挥洒与对手的肌肉碰撞。似乎借此告诉自己并向别人宣扬，他依旧年轻，精力充沛，甚至强于二十来岁的杜锋。

其次为脸面。

不再蓄须，每日必刮。发型从曾经不事打扫的圆寸变换为时下风行的韩风刘海。为了让自己看起来更精致一些，甚至去打了瘦脸针。却仍然无法掩盖双下巴的厚重。反之因为咬肌的萎缩，让两侧横移的面部脂肪更为明显。但那些简单的肉毒杆菌，确实收到了想要的效果。他不再拒绝自拍，甚至会发照片到朋友圈大方展示请人围观。鹤立于多数已为父为母身材走样容颜渐老的同龄人中，他们惊呼他岁月雕琢逆时光生活,变得更为年轻时尚。黑亮的眼眸深邃如渊,配上高挺的鼻梁,颇似一丝"远处山谷吹来的清风"。

只是,每当与林瑞的床笫之欢草草了事时,他不得不去面对岁月神偷的公平剥夺。但身体绝非主因,他当然清楚快感指数下降的罪魁。无外乎是那简单的四字诅咒:七年之痒。

七年之痒,杜锋与林瑞。

尚在他们相恋的第六个年头,杜锋便对情侣之间的性生活产生了明显的疲惫感,从林瑞坚持做爱要戴套开始。

就技术层面讲,二人春秋积累千次有余的性生活中,杜锋均习惯了体外射精。戴套大大降低了他的快感,甚至让他无心高潮。起初他以为仅仅是身体倦怠,繁忙的工作令他失去了与林瑞相戏床榻的浓浓兴趣。可当他看着成人片里的表演,对身边年轻漂亮同事时不时浮现的幻想,终于愿意面对及承认,他对林瑞审美疲劳了。

他开始有意无意躲避林瑞深夜入眠前发出的邀请。他习惯自己躺好,回忆着 AV 女优职业的表演进入状态,任由林瑞为他戴好套子骑乘。待爱侣触达欢愉的终点后,甚至会放弃攀登顶峰的权利。他并非不爱林瑞,反之多年来的朝夕相伴,他对林瑞的依赖与日俱增。当激情退潮,留下的是一摊吸足水分沉淀坚实的沙海。那粒粒沙砾是他们相爱的记忆与明证。她是他的眼,是他的手,他不愿去假设如果某天没有了林瑞,生活会是什么模样。

他是爱着林瑞的,即便身体已有所疲倦。林瑞睡后醒前,他会溜入客厅看着屏幕里的表演自慰。此时是他的私人空间,此刻尽享一个人的快乐游戏。没有林瑞的胴体陪伴,满眼俱为新鲜女人们陌生又熟悉的灵肉调戏。手里的兄弟挺翘凶猛英姿勃发毫无疲软之相。他回到了躁动的青春期,重返二十岁的单身时光。男孩不老,金枪不倒。终于,他触达了亢奋的终点,将装满子孙根的黑色短丝袜扔进垃圾桶。

那黑色短丝袜的主人是林瑞。

林瑞

2015年对林瑞来说是失望的一年,假以时日回首往事亦想唾弃的不堪岁月。

事业不顺。

阳春三月,猎头运作下,林瑞从一家名不见经传的小设计公司跳槽到了本土最富盛名的行业翘楚,担任其中一个工作组的艺术总监,待遇提升了三分之一。本该是向上攀行的职业轨迹,却在第三个月中,因工作组负责人忌能妒贤,抓住了她的一个过失,令其负气离职。

这一歇息,便是半年。

杜锋作为地产公司策划部总监,收入尚可。靠其一人工资,潇洒生活谈不上,养家足以。林瑞跳槽去大公司,他本持反对意见。一来离家太远,披星出,戴月归,委实辛苦。二来高强度的工作压力,一个季度不到,竟令林瑞暴瘦十斤。因此对于女友的离职,福兮祸兮。赋闲中,林瑞睡到自然醒,吃好喝好散淡度日,体重回升至九十斤。黑眼圈、皮肤问题亦随之减轻。正好他们的新房业已交付,林瑞大可将精力扑于爱巢装修。

但于林瑞而言,她绝不甘做家庭妇女。她对设计有追求,做出真正有影响力的作品是她踏入工作岗位后坚守的信念。即使不断碰壁,心有灰冷,亦未曾放弃。她把这段歇息看作一个假期,不是有"间歇年"的说法吗?待到来年春暖花开,就是她重出江湖之日。

即便思量如此,回顾那失败的三个月工作旅程,林瑞仍感戚戚,难言释怀。

家庭不顺。

林瑞是外省人。大学来蓉读书,毕业后便留在了这里,甚少回家。距离只是托词,真因是与父母关系疏离。她并非独生女,有一个小其三岁的同胞弟弟。与杜锋本土城市出身不同,林瑞父母来自农村,上世纪90年代离乡务工,几经打拼,终成为城市移民。也正因创业的艰辛,对子女教育无从关心,长期以来欠缺正确的引导与交流。加上重男轻女的陈旧思想,让林瑞自少女时期便播下了叛逆的种子,并延续至今。久未相见,亲情羁绊,必有思念。相处稍长,却因种种小事产生不快,和其母尤甚。一次严重争执后,林瑞和父母近半年互无联系。

爱情……同样难言顺遂。

七年长跑,婚姻殿堂之路有两道杜锋带来的疤痕,使林瑞迟疑不前。

相恋的第二年,林瑞发现杜锋与前女友藕断丝连,并从他手机相册里找到了痕迹。那是段视频,短短五秒的影像中,杜锋光膀醉卧床榻,前女友赤裸伏他胸膛。尽管没有正在进行时,但那些不堪画面足以让观者合理推演。

暴风骤雨的危机,终因杜锋的苦苦哀求及林瑞的放不下暂告段落。若非杜锋是她的初恋,带走了她所有的第一次,早已判其死刑。相信杜锋没有出轨,不如相信世上有鬼。杜锋从此交出了他的工资卡和储蓄卡。当女人握住了男人的钱袋子,也就拴住了他的命根子。虽多年过去,再未有丝毫类似错误发生,二人俨然恩爱依旧,但这场风波却如口腔溃疡,时不时涌起。不提便罢,别人不知,痛却在自己心里。

而作为和好的代价,林瑞要求杜锋同意她可以出轨三次。杜锋当作救命稻草爽快应允。事过多年,他早已忘了女友的条件。殊不知,这个念头盘桓林瑞心底,像一朵洒在废弃干涸深井的种子,但凡沐浴些微阳光与雨露,欲望之花便从此结朵。

第二道疤痕,确为实实在在的肉体疤痕。林瑞为杜锋怀过孕。那是相爱的第四年,一次激情,杜锋并没有如同往日体外射精,他与林瑞皆误算了安全期。不久之后林瑞尝到宫外孕的苦果。前前后后治疗半年多,及至现在亦需时不时喝中药调理身体。触摸右侧输卵管那个不大不小的手术痕迹,林瑞恨不得朝杜锋的命根子划一刀。她不再相信杜锋信誓旦旦的技术性避孕,哪怕鱼水之交失去了曾有的双双相悦。

七年之痒,对林瑞又何尝不是。

口腔溃疡般的视频风波后,无论是出于报复,还是出于对枕边人的厌倦,和别的男人做一次试试,和别的男人谈一次恋爱的念头,像镀在视网膜上虚幻绚丽的残光,隐隐约约出现,俨然可以触摸。失眠的夜里思量至此,她总会抱住熟睡的杜锋,抚摸他宽厚的胸膛,玩弄他裸露的兄弟,感受那家伙在手心里一点一点勃起。

许知秋

当母亲不易,当单身母亲尤为如此。

做女人难,做女老板更是难上加难。

这两点特质许知秋集于一身。

人前,她是气质出众的公关公司美女老板,开着艳若血腥玛丽的揽胜极光,大小二十余个挎包集齐了九大奢侈品牌。穿梭 CBD 超甲办公楼,流连各式豪华会所光鲜餐厅,她比霓虹更闪亮。

人后,她与母亲抚养着有先天心脏病的七岁男孩,如履薄冰平衡事业与家庭的权重。就像没人知道那些包里有多少个是 Fake,亦甚少人知她月华下的真实暗殇。前一刻披头散发奔波医院,后一秒踏着细跟鞋戴上精致妆容的假面觥筹交错八面玲珑,只为抢下一单或是催请客户尽快付款。天知道地产业白银时代下,做好一家乙方公司的不易。

用脚趾头也能想象,单亲家庭养育一个病儿的艰难。

每一烟宿醉醒来无法入眠的半白凉夜,某个男人的影子时不时从大脑沟回的隙缝浮起笼罩着许知秋。他有宽厚的臂膀,身心俱疲之时给她稳稳依靠。他用强健的身躯和温柔的微笑,拥她入怀,温暖她的孤冷与无助。她夹住被子的双腿更为收紧,她抱住自己,抚摸自己,就像抱住了那个记忆中的男人。

学生时代,许知秋迷恋基努·李维斯。一部《漫步在云端》她看了不下十遍。大概是少女情怀的延绵和父亲早逝的缺憾,二十二三光嫩新鲜得如同骄阳下绽放的第一朵花之际,俨然宿命的安排,她伴随电影中女主角的脚步,陷入一段不伦恋。

男人四十过半,有妇之夫,世界五百强企业位高权重者。他是她有毒的梦,爱与痛纠结缠绵的绞杀。他可以许她美钻香包豪车阔房,但绝不可能给她一个名分。她爱他成熟稳重,基努·李维斯般的气质与轮廓,爱到放弃了本可以走进婚姻殿堂的佳缘,爱到甘愿当他背后的女人足足七年,甚至非婚生子。

一开始便不被祝福的感情,往往结局亦在意料之中。孩子出生不久,男人有了第二个背后的女人,更年轻漂亮与无所谓的女人。她清醒已晚,后果自担。接受了男人一次性买断前尘旧事的银行卡,和母亲孩子移居全新的城市,用忙碌掩盖过去的不堪。她怀着一种犹似报复的信念,要成为那种胜过男人,不靠男人,甚至反过来需男人依附景仰的女人。所以她开了自己的公司,五年耕耘,如愿做出很多男人亦达不到的事业。

然而,她终归没有自己想象中坚强。她从内心渴求那个类似身影的再次出现。周遭从不乏追求者,可选择总是惑然。她可以抛下心中的纠结与还顺眼的男人鱼水同欢,继而在晨曦的脚步中拔屌无情。没有一个能停驻她心间。那些轮廓是不完整的拼图,无法构建承载她想要的坚守。那坚守恰似用记忆叠垒的苦难之墙,成了她难以自拔的图圄。每当这般清晰难言的心迹袭来,她或打开画本,用炭笔勾画只有自己才懂的图案;或执起万宝龙钢笔,禅定般机械默写莱特昂的诗句,寻求淡漠的短暂超脱。

    或许辨不清日升日落
    或许看不到流云晚霞
    不知道耳边溪流
    咫尺可达
    不知道天地浩瀚
    人间喧哗
    但我知道
    星河在上
    波光在下
    我在你身边
    等着你的回答

独自一人的双人床上,许知秋将被子夹得更紧,她抚摸自己的胸,手指放入那润滑的神秘花园,脑海里基努·李维斯与孩子生父的面孔模糊重叠,他身上的雪茄味清晰可闻。

这夜便没有那般漫长了。

傅亦辰

同性恋并不可怕。在一个越来越开放,崇尚自由、包容的世界,出柜的道德责难总好于出轨。

优秀的男同性恋比比皆是,如蔡康永。迷人的双性恋亦非少见,如汤姆·福德。

可怕的是纠结,是惑心。是不知什么是自己想要,什么是自己不要。

To be or not to be?

这是傅亦辰的困扰,即便四年的时光也未洗去那一晚荒唐所沾染的乌糟。他和男人发生了关系,男人是他大学室友。一场毕业晚会醉后的故事。

时光回溯,回到设计学院室内装潢系的那场庆相及恨离别的聚会。

橙色的灯,鲜亮的声,明暗相间的人。烟酒之气与荷尔蒙之味肆意掠夺空气里每一个氧分子领地。躁动中,傅亦辰明明打算与酒桌上眉来眼去的女同学放记离别炮,祭奠彼此一去不回的年华,却阴差阳错和同寝四年的男人激情一夜。倒带,暂停,播放。哦,原来帅气没有盖住傅亦辰来自三线小城市的穷酸气,尽管有那么一刹那意乱情迷,但女同学还是钻进了别人的车里。

当傅亦辰像个无人认领的破烂编织袋醉卧街边时,室友将其扶进了快捷酒店的大床房,慕阳之人抓住地平线即将逝去的最后一缕光阴。

脱去他的衣衫,为他擦拭身体的污渍,却镀下了他心灵的秽点。

忘记了谁率先对谁发动欲望的攻击,画面闪回中,两张男人的嘴唇相贴,两根男人的舌头缠结。他吞没了他,他坚硬了他。他饥肠辘辘,他饮鸩止渴。当爆裂的喷射激荡在雄性胴体之上,一切喧嚣止于浓重的喘息,一切愧怍隐于短暂的欢愉。

毕竟,明天又是新的一天。

留下离别吻,室友闭合房门,傅亦辰睁开装睡的眼。迷离茫乱的悔恨同宿醉未愈的胀痛撕裂头皮。他不愿回想清晰发生在几个钟头前的肆意,那份真实清晰的快慰,那场抹不去、不应发生的春梦。

冲,搓,擦,刮。他凭任花洒的水流倾泻,用掉所有的沐浴液去清洗至细至微的毛孔,把尸体藏入墙壁也不过如此。迫不及待想去找一个女人纠正他偏离的航道,或者正好相反。

终于,当傅亦辰欲望的权杖结结实实进入它应该寻求的慰灵地时,他的心似乎亦随之停下了迷离的乱步。于是有那么一段时间,他疯魔般寻求着女人,像患了性瘾症的职业嫖客,在一个个鲜活的肉体中流浪、流浪。

然而这四年里,室友清瘦飘渺的身影总会不期然伴随晨勃降临,像触不到的幽魂,压住他,贴紧他,粗暴又缓慢的拂去他刻意尘蒙的记忆。

杜锋和许知秋

下午三点,出轨的良辰,相约的好时。

光带着白日微醺的情绪摇摇晃晃透过色彩暧昧的窗帘飘进房间。

男人和女人结束了一场偷欢,此刻正偎依假寐。女人右臂绕过男人脖颈,左手捏着男人的胸。

"好大,软乎乎的。"

男人闭着眼笑,逮住女人的手,睁开他深邃的眼眸,送到唇边轻咬。

"绝对有个B杯,说不定和我一样是个C。"

"没练好,本来预订的方吐司,结果变成了钟乳石。"杜锋翻身,用他神似基努·里维斯的脸庞抚摸着许知秋倾泻在枕上的栗色长卷发。拉起一点点被子,无限贪恋地盯视她的胸,那林瑞完全不能与之相比的辉煌壮丽。

"美女,借个内衣来穿可好?"

许知秋咯咯的笑,笑过后说:"相当不错了,在我睡过的男人里,是第二好的。"

"第一是谁?"

"不告诉你。"

"那你睡了多少男人?"

"不告诉你。"

"不会一个月换一个吧?"

"差不多。"

"差不多……"杜锋笑了起来,"说得好像电影《甜蜜十一月》。"

"嗯,确实有点像。"许知秋的嘴角漾开闪亮的皱纹,双眼甜似两片新鲜的橘瓣。

"所以,我是你的四月先生?"

"应该可以撑到六月,等我收完你们的钱,然后就开始捕猎七月先生。"许知秋右手支着脑袋,微微起身。被子滑至腰际,两颗因哺乳和岁月略微走形却仍旧富有吸引力的乳房,完胜林瑞才开始青春发育般的少女胸。看着眼前成熟得如同透亮木瓜的女人,杜锋不其然间又想到了林瑞。但这忽闪而过的伴侣,或者说捕风捉影的愧疚并不足以影响他打情骂俏的兴致。

"那我就把尾款一直压着。"

"那我就把你压着。"许知秋翻身,坐住杜锋。杜锋抱过她头,浓烈亲吻。

"忽然想抽烟。"杜锋问许知秋,"你有吗?"

许知秋手撑头,用眼神否决:"30多岁的人了,该抽雪茄了。"

"成熟或成功的标志?"

"不,装的标志。"

"哦,"杜锋莞尔,"你装吗?"

"装漂亮,装坚强,装实力,各种装。社会奔波,人情交际,必须的呀。"

"就装漂亮来说,你确实很惊艳。"

"谢谢。"许知秋目凝杜锋,似乎从他眼眸中发现了遗失的圣罗兰口

191

红。"最近一直琢磨着画幅画……"

"你要画画?"杜锋心中一个哆嗦。

"是呀,有什么好奇怪的?"

"我女……"猛然回神,欲言又止。

"你女朋友也画画,想说这个是吧?"

杜锋舌头迅速扫过下嘴唇,掩饰尴尬的笑:"怕你介意提起她。"

"怎么会? 我还想约她来着。"

"干什么?"

"喝喝茶,吃吃饭,姐妹淘啊。顺便交流下和你的体验,来个二女共侍一夫也说不一定。"

"开玩笑?"

"是开玩笑。"

杜锋松口气。

"想画什么?"

许知秋睡回自己的床位,目光放空,望着天花板从白到灰的明暗交界:"想画只怪兽,吃人的怪兽,但吃人又不是为了填肚子。"

"那为了什么?"杜锋亦望天花板,试着去追寻许知秋的视线轨迹。

"为了治病。"许知秋深吸口气,又出声的呼出,"怪兽得了一种病,这病犯起来,心惶、急躁、气急败坏,还会伴随失眠以及莫名其妙的性亢奋,只能用吃人来缓解。"

杜锋思索片刻:"想必是一张很狰狞的面孔。"

"不,非但不狰狞,还很漂亮,是个绝世美女。"

"和你一样?"

"比我更年轻吧。"许知秋自嘲,杜锋会意一笑。

"这么说来哪里是怪兽,怎么体现她的怪和兽?"

"她虽然有美丽的外表,但却有一张百分百的怪兽嘴脸。和《异形》里的舌头怪差不多。"

"所以又变成了《阴齿》?"

"比那玩意儿恐怖多了。怪兽引诱男人进去,从那里开始吃,不仅把男人吃得骨头都不剩,还要吸食他们的灵魂,从肉到灵的统统吃掉。"

顺着她的话语,杜锋展开联想。一张美艳却不清晰的脸悬浮眼前,流动的空气慢慢变得有形可视,凝结成粉色的云絮,丰腴而晦涩。似被一阵疾风撕扯,云絮转瞬又幻化成了一副女人的胴体,能清晰闻到荷尔蒙爆裂流溢。胴体被这粉色的欲望炸开,像一朵快速绽放的花蕾。然而吐露的并非芬芳,却是一张血盆大口,将他啃肉噬骨,吸魂嚼灵。

为解自忧,以人为食。还真是彻头彻尾的怪兽。

"吓得我要软了。"端详面前熟艳艳的尤物,杜锋本欲表达什么,揣度数秒,用暧昧的含糊其辞替代。眼角聚起鱼尾纹,唇角亦随之上翘。

"那我帮帮你?"许知秋抚摸杜锋那已经恢复战斗力的家伙。

"你的丝袜高跟鞋就是我的玛卡和万艾可。"杜锋去取许知秋脱在单人沙发上的肉色丝袜,将脸埋进其间深嗅。有种女人会细节到将丝袜亦喷洒香水。

"男人的丝袜高跟情结,是最浅薄的 M 倾向。"而忘不了伤害自己的旧爱,何尝不是如此?

"甲方虐我千百遍,我待甲方如初恋。"

咯咯的笑声再度从许知秋的喉管传出,抬起腿,享受杜锋为她穿丝袜。

"她从不这样的。"

"你女友?"

"她几乎不穿丝袜,就连短丝袜也只是偶尔。没买过后跟超过 5 公分的鞋子,所以我和她从未有过这样的床上体验,她不配合。"

"哦,可怜的孩子。"许知秋用丝袜脚轻轻磨蹭杜锋的胸膛,画出几个透明的圈。随口那句"可怜的孩子",不知是指杜锋,还是说林瑞。

男人握住女人的天使与恶魔,亲吻她的脚趾,将自己献给吃人的怪兽。

林瑞和傅亦辰

房间的光线异常好。绚丽的阳光穿过客厅大面积落地窗,被复古设计的蕾丝窗纱所修饰,投射在原木色的地板上,呈现一片洛可可风格的雅致暗纹。

赤身裸体的女人,仅着双晶亮黑色丝袜。丝袜的裤头提至肚脐,既掩盖了那道不堪的手术疤痕,又携手8公分的漆皮白色细跟鞋,将双腿雕琢得更加颀长曼妙。头戴紫色丝绸质感蝴蝶结大礼帽,黑直长发修饰脸庞俏皮突出的婴儿肥,俨然橱窗里等待盛装上身的瓷净模特。然而盛装迟迟不见踪影,模特手里应该展示的挎包亦被画笔与调色盘取代。她时而聚精会神的看着面前的男人,时而笔走龙蛇,在画布上堆砌她想要的色彩,建构眼和心交织所成的画面。

男人同样一丝不挂,酒红色渔夫帽如同磁悬浮列车,与《悠长假期》里木村拓哉式样的中长发保持着一点点亲密又疏远的关系。他大又透亮的眼在女人及镜头之间切换,微微发热的新鲜相纸从拍立得的口里不断吐出。快门、呼吸的声音被节奏急促的音乐打破。一面墙大小的空书柜连天接地,iPone 6s 躺在白色柳曲木搁板上,唱着一首首喧闹的歌。

"谁的歌?"傅亦辰问。

"G-Dragon。"林瑞答。

男人一脸蒙。

"权志龙。"

"哦。"傅亦辰似乎恍然大悟。

"其实你不知道吧?"

傅亦辰笑着默认。

"难得,90后有不知道权志龙的。"

"你比我更像90后吧。"

林瑞涂着经典大红色口红的嘴唇略略上翘:"这首是我最喜欢的,歌名叫《狂放》。"

"唱的什么?"

"一种态度,比如歌词里写的'永恒根本不存在,真心已死,今晚我要狂放一下,鬼吼鬼叫,朝天上吐口水……'很有趣吧?"

傅亦辰仰头,似乎准备一试,没有吐出口水,反倒笑出了声。

林瑞将画笔、调色盘放脚下铺的一块大小见方毛毡垫上,走向傅亦辰,右手取自己的大礼帽,左手拿傅亦辰的渔夫帽,彼此交换。

"要是生活中能遇见权志龙一样的男人,我一定分分秒秒死皮赖脸地贴上他。"

傅亦辰手指自己。

"你不算,完全不同的类型,差远了。"

他虚伪地挂出一个失望的表情。

林瑞双手捧住他的脸:"你和我是闺蜜嘛。"

"可以上床的那种?"

林瑞用微笑替代语言,把玩似的轻捏他兄弟,手感与杜锋不同的家伙。

拍立得又吐出一张照片。

"我看看。"林瑞拿起一叠照片,仔细并迅速地查看。

"当初给你们房子做设计时,我预留了一个空间,作为照片墙使用。"傅亦辰踩着其乐经典款褐色沙漠靴,走到玄关处。"这里,不妨挂张你的画,或者照片。一进门就可以带入主人的情趣。"他想起什么的补充,"当然,不可能放这些照片,换成和你男友的。"

"俗气。"

傅亦辰不语,注意力被林瑞尚未完成的画吸引:"我怎么成了狗面人?"

"兽面人心啊。"

"是相对人面兽心来说?"

"是啊,你看这个世界,有不少人貌似吊儿郎当、风流花心,一副人见人骂的王八蛋相,内里却有一颗善良朴直的心。有的人看起来热情亲切,把正能量写脸上,嘴巴里分泌的不是口水是心灵鸡汤,内里却阴暗龌龊,阴险狡诈。你属于前者,所以画成了狗面人。"

"这么说来是在夸我咯?"

"或者可以理解成,我想告诉彼此——直面自己的内心。"

"什么内心?"

"取向啊。"

没有回答,因自己的拖延而错过班车的无奈与自嘲之情在傅亦辰的脸庞停留数秒。

"哈,不用回避这个话题嘛。"

"我没有回避,只是暂时没有答案罢了。"

"这么说来,从我身上也没有找到咯。"

"接近。"

"是吗。"林瑞并不遗憾地笑,"不过,我倒是在你身上找到了答案。"

"什么?"傅亦辰略作思考,"关于你男友的?"

"其实,正是因为你取向模糊的这个特质,我才愿意和你发生关系的。"

"怎么讲?"

"因为你,和我男友之间的那个结,算是打开了。"林瑞踱步到落地窗,那双晶亮黑丝随着她的走动,与艳阳嬉戏闪闪发光。"我并非真的打算背叛他,我是爱他的,特别是没有工作的这些时间里,我越发感觉,对他的依赖比我想象的还要深。尽管如此,心中那股郁结从未消散,也包含一些七年之痒和婚前恐惧症吧,当然更多的是负气,小孩子心态似的报复。如同打架,你咬了我一口,我也要咬回来,所以想找那么一个人来浇灭心中的诸多负面情绪,但不想和那人发生什么情感上的纠缠。"

"去找个鸭子,或者单纯地约炮不是更简单?"

林瑞被看破心思似的笑:"对啊,所以你刚好出现了。"

"这么说来,我好像成了药引,治好了你的不忿?"

"我又何尝不是你的药引?只是没有起到药效罢了。"

其实是有一点的。傅亦辰在心里说。数秒之后他用另一个话题掩盖失落,或者正好相反:"问个问题,我们之间有爱吗?"

林瑞深邃的眉眼没有焦点地看向左上方,复尔平视眼前正透出小男孩气质的大男生:"闺蜜,不是 Gay 蜜。"

"说得我好像成了你的男宠。"

"怎么会?我们是伟大的友谊。"

"以后也能这样?"

林瑞过于挺拔的鼻梁随着眉头的紧皱微微收缩,下巴正中的那颗痣似乎能随着表情的变化而时隐时现:"看……心情……吧。"

"哇,回答得太勉强了。"

二人同时笑出声。

"或许,你就这样也不坏。"

傅亦辰欣然接受似的歪嘴吐舌。

"那是 G-Gragon 的标志表情!"

"噢耶。"

"所以你刚才是装出不知道的?心机挺重的啊。"

"社会奔波,人情交际,必须的呀。说不定,某天可以约着你男友,我们三人来一场大合欢?"

"去死。"林瑞脱下高跟鞋,扔向傅亦辰。

"对了,一直没问,你男友帅吗?"

"帅,亚洲版的基努·李维斯。"

"哦,我好期待。"

林瑞将剩下的那只高跟鞋砸向傅亦辰。傅亦辰闪身躲过,跨到林瑞面前,将她一把抱起。

杜锋和林瑞

站在门外,BIGBANG 的歌便生猛袭来。杜锋皱着眉头,强迫融入般生硬扭动。打开门,循着音乐找林瑞,她在厨房,手机接着音箱,一面听歌一面炒菜。让杜锋意外的是,她竟然穿着 8 公分的高跟鞋和咖啡色的丝袜。

"今天怎么了?"

"心情好嘛,"林瑞送给杜锋一个秋波,"你不是总希望我这样打扮吗?"

"那我是该吃你还是吃饭?"杜锋从林瑞身后抱住她,抚摸她光滑的丝袜腿。

"都可以。"林瑞放下锅铲,回身亲吻杜锋。脖颈间的香水味窜进杜锋鼻腔,令他不禁然勃起。

"我在安全期哦。"

"所以今天可以不用套?"

林瑞用抚摸替代回答。杜锋一把抱起林瑞,向卧室走去。

"火还没关。"

"已经燃起来了。"

시간이 지나도 내가 설렐 수 있게
　即使时光流逝　我的心仍为你跳动

BIGBANG 的《BAE BAE》在音箱里循环唱诵。

许知秋和傅亦辰

光影绰约的餐厅,私密空间的尽头。精致着装的女人,休闲打扮的男生。

"你恋爱了?"

"是吗?"

"清清楚楚的写在脸上呢。"傅亦辰笑着说,许知秋亦用甜笑回应。

"对方是谁?"傅亦辰切开一块牛排,送进嘴里。

"你会见到的。"许知秋浅啜杯里的红酒。

"那个地产公司的?"

许知秋放在餐桌上的电话响起,来电的正是杜锋。她并未接起,按键静音。

"是他打的?"

许知秋微笑肯定。

"怎么感觉你这次认真了?"

"不会。"真的不会吗?涟漪似的反问在许知秋心底泛起。

傅亦辰拿过许知秋的手机。

"干吗?"

"别紧张。"傅亦辰输入密码解锁,走到许知秋身边,抱着她自拍。"发给他吗?"

"神经病。"许知秋笑骂着抢回自己手机。

"奇了怪了,你不是总这样拿我当挡箭牌,甩你的那些月份先生吗?"

"这次不需要了。"

傅亦辰坐回自己的位子:"别被别人吃了啊。"

"不会的。"许知秋用晶莹的长指甲拈起一朵西兰花送进嘴里。轻吮手指,双眼盯视杯里的红酒,意识俨然融化进了深色的液体中,以及别处。

"一会儿还要吃我吗?"

"为什么不?"她的心思被傅亦辰的邀约拉回了现实。

"还好你没忘掉我们的固定节目。"

"你最近似乎多了一个闺蜜?"

"会吃醋?"

"怎么可能。"

"我会。"

"小屁孩。"许知秋弹傅亦辰脑袋。

"明天我就去见见那个男人。"

"谈正事啊。"

"当然。"傅亦辰将牛排切得吱吱作响,"下次还是吃火锅吧,我们俩谁跟谁啊,没必要矫情。"

杜锋再次来电。

"接吧,不然他会一直不停打的。"

许知秋轻瞄眼手机,摁断电话。

杜锋和傅亦辰

"杜总好,我是傅亦辰,许总介绍我来的。"

"你好,请坐。"杜锋用商务性的口吻接待。

"杜总果然很神似基努·里维斯。"

"果然?"

"许总对我提过您。"

"哦,"一想到许知秋,杜锋浮现出回味悠长的笑,"我们新盘的情况,许总给你说过吧。"

"是的,我带了我们公司的售楼部装修案例,请您看看。"傅亦辰打开苹果笔记本,为杜锋展示效果图。

"不错,是我们想要的表现。"杜锋拿起支雪茄,长城铝管三号。用雪茄剪切掉尾端,掀开 ZIPPO 盖子,打火点燃。

"杜总不怕煤油影响味道?"

"没事,我没那么讲究。你抽吗?"杜锋拿出一支请傅亦辰,帮他剪掉尾端。

"伴着咖啡或者威士忌抽的话,口感更好。"

杜锋均匀扯动嘴角,鱼尾纹随即聚起,擦燃 ZIPPO:"看来我们有共同爱好。"

"是的,肯定还有不少共同爱好。"傅亦辰捧住火苗点燃雪茄。

他和他的猫

1.

29 岁的张阳除了工作,什么也没有。

作为网络媒体公司副总经理,一天工作至少 12 个小时。如果他因过劳猝死,我们不会意外。

一个人租住间 50 来平酒店式服务公寓,实则他待在办公室的时间更多。

一个人吃饭。除了有必要躲不掉的应酬。并且常因开会、接待等琐事节省或压缩用餐。

休息日通常先睡上大半天,而后一个人泡咖啡馆看书,一个人去电影院,一个人健身。那是他工作之外仅有的社交。

貌似精致绅士的生活方式。与他人保持一份礼貌的距离,犹如伦敦 Old fashion 的经典处世之道,有着室内橘黄光装饰性的温暖。

性生活?

他连手都懒得动。

即便晨勃,于张阳而言只是单纯的生理现象,不会伴随心理躁动及旧日温存的依恋怀想。

某一个时刻起,连这男人最沉醉的欲望都忘却了。

近来他喜欢听 AKON 和玉置浩二的《MR. LONELY》，完全不同风格的同名曲。

加班时放 AKON，开车回家时听玉置浩二。

沉浸在歌唱孤独的旋律里，一如状态与心情。

当然，他并不承认自己的孤单。

直到遇见一只猫。

2.

猫是普通的猫。

有着母猫独有的黑、白、黄三种颜色。招财猫原型便是这种。

她出现在不该出现的地方。

张阳车里。

车是普通的车。

公司配给张阳使用，虽年限已久但状况尚好的银色宝马 320。

门窗关得严严实实停在写字楼地下车库，副驾座椅却睡了只猫。

奇怪，怎么进来的？

恶作剧？不应该。

除了他自己，没人有这老宝马的钥匙。并且他今天、昨天以及前天绝对未曾将车借给谁用，亦未嘱托谁拿车钥匙帮他取过什么东西。

有些诡异，但不足以令张阳震动。

毕竟，从首都背井离乡来到西部城市，浩劫余生，漂洋过海，终见陆地。心中已硬邦邦竖了一尊不动的明王像。

猫保持仰面甜睡的姿势，上肢伸展，露出柔软白嫩的肚子。那绒毛像棉花糖抽出的丝，春风拂过的云絮。两排粉色的乳头陷在其间若隐若现。脖戴根桃色绒球皮绳项圈,随喉管里的呼噜声有节律地上下起伏。仔细看皮绳,钢印了一个手写英文单词:YUKINA。想来应为猫的名字,或者仅仅只是项圈的品牌 logo。

张阳脱下黑色真皮 COACH 挎包,扔驾驶位座椅,弓身抱猫,打算将她放出车外。

猫因他双手的接触而清醒,残留着半梦的惺忪,舔张阳冰凉的手。这粗糙温暖猝不及防的亲密,令张阳泛起冬天里喝到的第一口热汤的畅意。而此刻猫又恰到好处张开她那茶色的瞳仁,似深情少女眼望暗恋的学长,发出娇嗲喵叫:

你好!

些微暖风从冰山脚下轻轻踱步,铁板死水被斑斓蜻蜓不经意点过。某种忘却的情愫悄然唤起。5 岁时寄住胡同四合院里的姥姥家,他不是有个叫"花花"的猫伙伴吗?曾深爱的她,亦是一名彻彻底底的猫奴。

好吧,养只猫也不算坏。至少今晚可以。

张阳将猫放回原处,轻拍她脑袋,开车回家。觑眼表,差三分钟便是新一天的开始。车里放起了由陈奕迅翻唱的玉置浩二版《MR. LONELY》。

3.

诡异的开端,必有惊悚的后续。

猫很规矩,温顺如教养极好的古典淑女。回到家后,张阳喂她喝了小碟牛奶。由于干净得婴儿都可与之放心玩耍,自然不用为她洗澡。张阳睡床,她团身轻靠张阳的脚睡床边,不一会打起了轻微呼噜。有个暖暖软软的小可爱,张阳似乎也睡得更安然。次日晨,继续喂猫牛奶当早餐。怕她吃不饱,还泡了些麦圈。猫不挑食,有滋有味吃喝完,用面积差不多完全覆盖整个眼球的茶色瞳仁仰面看着张阳,轻柔说"谢谢(喵)"。

颇为温暖的日系小清新画风喃。
突森破。
当张阳难得 6 点下班,刻意买了猫粮猫砂回家,开门刹那,惊悚袭来。
房间的空气里充满了热腾腾饭菜的味道。
女仆装白丝袜棕色长卷发的高挑陌生妙龄女,闪着柔和的金光站在门的内侧,他的眼前。

"你回来了。"
一口标准地道的北京腔普通话,一副温软醉人的好嗓音。

有些蒙。
喵了个咪的。
哪来的 COSPLAY 二次元风美少女?

"我做了冬瓜排骨汤,豆筋烧牛腩,番茄炒鸡蛋,青椒土豆丝。先喝汤还是先吃饭?"
一双透亮深幽的茶色明眸,一张凑近看会紧张的精致容颜。

继续蒙。
喵了个咪的,喵了个咪的。
没有天然气只能用电的狭小厨房,严重短缺的餐具,竟然被她搞出三菜一汤。

205

重力超过了握力,装有猫粮和猫砂的购物袋从张阳手中掉下,随同他的下巴。

"哈,不认识我了吗?"
高挑陌生妙龄女走到还没跨进门的张阳面前,抬起头,露出脖子,向他展示那根桃色绒球皮绳项圈。带着体温的女人香饱满抚摸张阳的脸。
"我叫YUKINA,写成汉字是'雪奈',所以你可以叫我YUKINA,也可以叫我雪奈。"
自称YUKINA或雪奈的妙龄女捡起购物袋。
"哇,好贴心,还为我买了吃的和用的。但现在暂时不需要了哦。"

懵至深,是懵逼。
喵了个咪的,喵了个咪的,喵了个咪的。
心中那尊不动明王像,额头渗出几滴汗。

"好啦,进来了。"
雪奈挽着四肢僵硬的张阳进屋。久别近一年的家常菜,终于重逢。

4.

"所以,你是那只猫?"
张阳喝口热腾腾的美式咖啡,伪装镇静地发问。饭后,雪奈迅速收拾好餐食,厨艺、颜值、家务能力俱佳,分明是传说中的理想伴侣,爹妈中意的儿媳妇。不知从哪里搞出一套半自动咖啡机,煮出壶香浓咖啡。小房间没有餐厅的划分,所以屋内更没有餐桌,沙发前的茶几便融合了二者的功能。无论刚才的饭菜,抑或现在手中白瓷杯里的黑色液体,真实得像场旧梦。
"是啊,看这里。"雪奈撩开长发,露出两只猫一样的尖耳朵。

张阳哦了一声以示回应,又将半张脸埋进咖啡杯里。

"那里也是粉色的哦。"

张阳咳嗽,呛出一点咖啡,迅速用手抹去。从被子后偷窥面前的雪奈。

"没什么吧,昨晚你又不是没见过。"雪奈笑,抢过张阳的杯子,为他续上热咖啡。

理智点。张阳对自己说。于是恢复一份之后职业经理人该有的事务性口吻。

"雪奈小姐,如果你真是那只猫变的,有几个问题请逐一回答我。"

"好严肃啊张总。"雪奈笑,嘴角漾开涟漪式的酒窝,明亮茶色眼眸可以射出迷死人不偿命的激光。

保持严肃。不动明王像提醒心跳已然加速的张阳。

"第一,你怎么到我车里来的?第二,你为什么要来找我?第三,你怎么可以变成人?"

雪奈发出两声往回吸气的咯咯的笑,那笑与其说是听到了值得笑的话,不如理解为她的习惯性语气。

"第一,如果你能接受我是猫变的,那我怎么来你车里的就不重要了,是吧?"

的确如此。逻辑清晰。

"第二,既然你已经吃了变成猫的我给你弄的晚饭,应该能猜到我找你的目的了。"

"来改变我的生活?"

"回答正确。"

"为什么?"

"因为一个承诺。"

"?"

"现在你不必知道。"

"那我为什么要接受你?我可以打开门请你走,我不需要被谁来改变生活,特别是来路不明的猫妖。"

"谁让你吃了喝了我做的东西喃?"

张阳脑海里自动播放起大张伟的歌,"拿了我的给我还回来,吃了我的给我吐出来。"

"大不了吐给你咯,不嫌弃的话,明早厕所里打包还你。"说罢,脸庞泛起大张伟似的咧嘴坏笑。

雪奈轻轻摇头,交叠穿白丝袜的长腿。那是双多一点肉会胖,少几分又太瘦,有着平衡性微妙美的腿。

"有的人啊,死到临头还嘴硬。"

"什么意思?"张阳恍然猜到她可能在饭菜里下了毒。

果然,随着雪奈轻轻吹起的口哨(听旋律是哆啦A梦的主题曲),腹内一阵内急,张阳急忙跑进厕所。稍后回到雪奈面前。

"泻药?"

"没那么 low,不过是对饭菜和咖啡念了些咒语。"

"果然是猫妖!"张阳取下左手腕佩戴的佛珠,将其四耳五眼的锡制兽头对向雪奈,俨然拿着什么了不得的收妖法器。

哆啦A梦主题曲的旋律再次从雪奈的口哨中响起,张阳二度跑厕所。

"这对减肥倒是挺有效的哦。"雪奈站厕所门口揶揄。

张阳打开门,本想发怒,看着雪奈故作无辜的眼神,以及她准备吹口哨的嘟唇,转瞬强颜欢笑。

"猫仙子,嘴下留情。"

"嗯,这次终于说对话了。"

"什么?"

"猫仙子啊。"雪奈笑,挽着张阳回沙发,亲亲密密并肩坐下。"我真是来帮助你的猫仙子。"

"帮助我什么?"

"帮助你找到生命的真谛。"

"什么真谛?"

"你所追求的,是冰冷的物质堆砌?还是活生生的温暖呼吸?"

"抱歉,我不爱喝鸡汤。"

"别嘴硬,我知道你经历过什么。"

一阵电击从体内窜到头皮。有那么几秒,张阳目光冻住般凝结茶几上。周遭迅速覆盖层果胶状大气泡,将他与外界的声音及光影隔离。

"未来三天内,好好享受这些美好的改变吧。"

雪奈的话语像一道彩虹化开阴翳的混沌,将张阳从泥沼的回忆重新拉到现实的此地。

"三天?"

"是的,从现在算起到周五,如果我不能将你改变,换言之,不能让你打心底里认同'活生生的温暖呼吸',我就会离开你。"

"如果改变了喃?"

"再说咯,可能就不会走了,因为你到那时已经爱上我了。"

张阳轻笑,心中的不动明王像也低沉呵呵了两声。这分明就是一个还没开始便已设定好结局的故事。也罢也罢,难得莫名其妙出现个应召女郎般照顾自己生活的猫仙子,即便只有三天,亦不失为一种享受。回家有饭吃,天冷可暖床,说不定还能做做爱做的事。

"别想歪,我可不会和你做那事。"

"没什么,我不缺女人,只是自己想与不想罢了。"

雪奈露出"我懂你"的微笑:"那就好,你可以收拾床铺了。"

"收拾床铺干吗?"

"废话,难道你要和我一起睡?"

"昨晚不就是一起睡的嘛。"

雪奈做出吹口哨的表情。

"好好好,我给你弄一个舒舒服服的沙发床。"

"诶,你能不能绅士点?怎么可能是我睡沙发?"

"我择床,怕失眠。"

吹口哨的表情再次印现张阳眼眸。

"雪奈桑,嘴下留情,我睡沙发你睡床。"

雪奈笑:"叫我雪奈酱,不是桑。"

如果时间走过的距离能够化为可回头重经的路程,此刻的生活场景,像极了张阳过去岁月的吉光片羽。他回转身,快步跑向曾经,透过钟表的隙缝,找寻温暖的微明。

……

每当她强扭着他去做什么事,而他又不愿时,那个已经无以逆转失去的女孩不也嘟着嘴,一泡口水蓄势待发喷射向他,逼他就范吗?

冬瓜排骨汤,豆筋烧牛腩,番茄炒鸡蛋,青椒土豆丝……不正是她所擅长的菜式?

她太清楚咖啡他只喝美式,他喜欢叫她名字后加个桑,然后听她一遍又一遍纠正要叫"酱"。

……

忽然之间,张阳明白了什么,他抓住雪奈的手,语音不自然忐忑:

"你是她?"

我懂你不必多说的微笑浮现雪奈嘴角:"严肃认真负责任的回答你——不是。"

快要化作眼泪喷涌的委屈与思念,被心中那尊不动明王像强行压止。张阳低头,紧绷肌肉,深呼吸后与自我和解。

雪奈及时送上柔软又温暖的拥抱:"三天过后,一切都会变好的。"

张阳回拥她:"那会是段漫长的三天吧。"

"是吧是吧,她可不愿看到你哪天累死在工作上哦。"

终于,强忍的泪水与呜咽,彻底冲开了不动明王的镇守。张阳头靠着雪奈的肩,哭得像个孩子。

想当平胸的女孩

1.

20岁的女孩赤裸站在我面前。

忽然有些尴尬,不知是该继续拍照,还是放下相机做些激动的事。

贝克汉姆一定在她身上踢出过职业生涯最漂亮的任意球,否则很难解释腰与胯组合而成的曼妙弧度。

木瓜般扎实丰盈的胸点缀淡粉色乳头,明丽得要虚着眼睛方能直视。

嘴唇俏皮嘟起,吸引你想用自己同样的部分去贴紧、去湿润。

"摄影就是拍的人、被拍的人和相机之间的3P。"

荒木经惟如是说。

我有种恋爱的甜蜜与亢奋。

额头渗出汗,喉管咽下唾液。唾液滴进心房,脑海里传来《KISS THE GIRL》的蛊惑回声。

于是我放下相机,跨步走向她,壁咚她,吻她,从上到下地吻。听她娇矜的呼吸,愉悦的呼吸,我俩混合的呼吸。

鱼水之欢，颠龙倒凤。

My life is brilliant
My love is pure
I saw an angel
Of that I am sure

房间的暗角飘来詹姆斯·布朗特的歌声，甜得窗外的高楼大厦都化成了装在香槟杯里的可可冰激凌。

2.

"拍完了吗？"

她伸懒腰打哈欠，整理湖蓝色蕾丝拖地长裙领口。
我从浓稠的幻想回到寡淡的现实。

"收工。"

我向她竖起大拇指。
助理开始收拾闪光灯及布景。

她换回便装。
水洗牛仔短裤配雪纺纱半袖衫，脚穿白色彪马运动鞋，彩虹似的长棉袜分外打眼。歪戴洋基队棒球帽，窝枣红复古真皮单人沙发玩手机，抽支细细长长的烟。

"大叔。"

我长她一轮，被叫"大叔"恰如其分。

"我刚才看了你的朋友圈。"
"所以发现我是潜伏在地球的火星人?"

她咧嘴笑,露出牙床。我喜欢笑露牙床的女孩,沙漠里发现装满可口可乐冰箱般的怦然心动感。

"你知道张曼玉、奥利维拉·巴勒莫、水原希子还有周冬雨,她们有什么共同点吗?"轻轻吐出一阵烟雾后她问道。
"都是女人。"
"切,还都是美女喃。"
我仔细依次回想上述四人:"都是平胸?"
"BINGO!"她将烟头丢水泥地板,用脚碾死。
"烟灰缸就在你左手边。"
"抱歉抱歉没注意。"

但看上去却一点都不觉得抱歉。

"我的胸还好?"

与其说是询问,不如理解为她想得到更多人的赞美。

"非常好。"我实话实说。
"好到什么程度?"
"我能想到的所有夸人胸漂亮的程度。"

她百分百在撩我。

"太敷衍了,说具体点。"

OK,我接受她的撩。

"想象,我和我的两个摄影助理,穿越到了明朝东西两厂相争的年代。我们头戴大斗笠,披着黑斗篷,背上都斜挎着剑啊刀啊之类的武器。骑着黑色的马,从风尘中来到了大漠里的客栈。"
"《新龙门客栈》?"
"BINGO!"我现学现卖,她会意一笑。
"所以我是金镶玉?"
"依然是张曼玉。"我说,"那个角色只能她演才有独特的风味。"
"胸太大了就没有风味了?"

她挺直腰,示威般向我示胸。

我如果说"胸太大给人油腻感"必然会讨她没趣,所以改为"先入为主的经典印象不易扭转"。她似是而非勉强接受。

"进入客栈,里面坐了不少人。除了老板金镶玉,都是男人。准确的说,都是糙老爷们儿。每个人都带着刀剑,还有斧头大砍刀。关二爷那种的大砍刀。"
"说关公刀不就行了?"
确实如此,我有些啰嗦了。但不能认怂:"强调,这样说更能表现刀的凶险。"

女孩扁嘴,从包里掏出香烟。蓝莓味爆珠款的 ESSE。我也要了支,相互放毒。

"我们三人找了个空方桌,简直就像知道我们要来,所以预先留下。从进门到把屁股放条凳上,满屋的人都看着我们,搞得就像三个健健康康的大活人走进吸血鬼酒吧一样。"

"《杀出个黎明》?"

我睁大眼看了她两三秒:"作为一个'95'后,你知道的老电影还挺多。"

她得意地抽口烟:"我老爸是导演嘛,家里的DVD碟片可以装满一个十来平米的房间。"

"厉害。导了些什么片子?"

"我不看他的片子,他也不喜欢。为了养家拍了不少宣传片,前年有个40集抗日的连续剧,拿了几个奖。但他不喜欢。他想拍的片子一直没有办法拍。"

"A片?"

她笑,又露出迷我的牙床:"差不多吧。他想拍韩国和欧洲的那种情欲片,比如《小姐》《人间中毒》以及《她》之类的。看过?"

我摇头。

"看看吧,反正我爸喜欢得很。我猜他会一边看一边撸。"

"有这样说自己老爸的吗?"

"没关系,我们家很开放,不少亲戚都在国外。"

"好吧,了解了。我继续讲。"

她努嘴表示OK。

"金镶玉摇摆着屁股走到我们面前,问:'哥老关些喝点整点啥子喃?我们家的酒和肉巴适惨了。'"

"停!金镶玉怎么一口四川话?"

"加点原创的元素嘛。"

"切,那为什么就不能改编成大胸?"

"别急,大胸在后面有很重的戏份。"我把烟灰缸拿到她面前,"'啥子贵就来啥子。'我的一个助理说,就是 EDISON。"

她用眼神去找 EDISON,EDISON 已收拾好了灯光组件,坐一边煲电话粥。

"'我们这人肉人血最贵,要不要嘛。'金镶玉说完,压下身子轻言细语,'一二三四五,上山打老虎。'

"'六七八九十,老王棒棒哒。'我低声回她。"

"什么破暗号嘛。"

"小孩子不懂别插嘴。"我轻拍她脑袋,"和金镶玉对上暗号后,她笑盈盈地招呼店小二,'把我们镇场子的酒拿一瓶出来,再整一斤卤牛肉,一只甜皮鸭。'然后又伏我耳边说,'鸭子里面有干货,各人慢慢雀。'片刻,酒肉来了。吃的不用多说,关键是,你猜酒是什么酒?"

"女儿红?"

"不是,是绿色的酒。"

"苦艾酒?"

"BINGO!"我竖大拇指,"捷克产的'鲁道夫'。"

我第三次窥见她那充满诱惑和张力的牙床:"太能编了,明朝有这东西吗?"

"原创嘛。"我笑着灭掉烟,"按金镶玉的吩咐,我撕开甜皮鸭,里面塞了一张灯笼纸。纸上写四个字:大口喝酒。这正合我意,于是我拿着酒瓶就倒了大半杯在敞口威士忌杯里。绿色的酒液是熔化的祖母绿宝石,闪着你牙床般的光。"

她听得嗤嗤发笑,这次没有插话打断我。

"我掏出打火机,把酒点燃。酒瞬间蒸腾出香气,满屋的人都看了过来。当然,他们也没少看我们。

"'大哥,这个酒喝不得哦!'我另外一个助手希哥说,'要不然我先帮你闷几口?'

"'爬开,批娃娃天到黑跟我抢酒喝。'我说。燃烧到第五秒的时候,我啪的一下用手掌盖住杯子,火随即熄灭。我端起还发着烫的杯子,一口气喝了下去,像火焰列车钻进了冰洞。酒的苦和辣,以及茴香味从胃袋的底部向上蒸腾,我眼里的世界忽然变成了红色。而就在这时,你出现了。

"说来奇怪,本来眼里的红色世界,因为你又变成了绿色。你从苦艾酒的瓶子里,像阿拉丁的灯神一样,冒着绿色的烟雾出现。自然,你也是绿色的。全身赤裸,只有牙床是粉色,双眼的颜色还要深一些,绿得发黑。"

"胸喃?关键是胸!"

"胸很大,晶莹剔透,是我见过的最纯粹、最神秘的绿。如果宇宙里有黑洞,那么你胸的吸引力,简直可以形成绿洞。"

她托腮抿嘴笑,长烟灰自然掉落,又落在了地板上。

"你飘扬在我们面前,伴随客栈内因你而起的神秘音乐,听旋律像平克弗洛伊德的歌。你跟着节奏摇摆腰肢,大胸一晃一晃的刺眼。所有人都被你吸引了,你就是绿色的缪斯。二三十来个男人围了过来,眼里蹦出想把你睡之而后快的欲望。你一点余光都不肯施舍给他们。不到十秒,以我们小方桌为圆心,人全部聚了过来。

"你跪坐方桌,捧住我的脸,朝我吹气。那是比蒸腾的苦艾酒还要芳香的气味,我瞬间迷倒在你的大胸下。男人们再也不能控制自己了,都张扬着咸猪手朝你涌过来。"

"好淫荡的画面。"

她听得蛮兴奋,蹭掉彪马球鞋,整个人蜷缩进沙发里。左边袜子破了个洞,刚好露出涂着荧彩绿甲油的大脚趾。

"当然,你也不是吃素的,怎么可能任人轻薄?你呼啦一下飞到半空,朝下面疯狂的人群吹气。如同投下一颗原子弹,本来就疯狂的男人们,彻底失控了。每个人都变得狂躁异常,本来吃吃喝喝有点暗流但还算和谐的气氛转瞬即逝。男人们操起手里的武器,刀剑斧头关公刀,开始不分敌我的厮杀。"

"可以,这很《王牌特工》,简直就是教堂那幕的重现嘛。"

我再次赞赏这位"95 后"女孩的阅片量。

"但被砍的身体,喷出的并不是血。你猜是什么?"

"是绿色的苦艾酒?"

"不,是五颜六色的礼花,庆典活动常用的那种一拉就喷出金粉彩带之类的东西。而且喷出来的礼花还有破洞。"

我觑眼她的彩虹袜,看她仰头笑。

"我和助理杀啊杀的,砍人头,断人手,整个客栈几乎被礼花和金粉填满了。最后杀得只剩我们三人。自然,三人都沾满了那些五颜六色的东西。被杀掉的人倒地上变成一只只粉色绒布猪娃娃,屠杀现场反倒成了少女梦幻派对。"

"金镶玉这个时候又出现了。'哎呀,批娃娃些在费啥子?'"

"我说,'仙人板板你看不出来嗦,才杀了一堆人。你给我喝的啥子酒?'"

"'我看你龟儿子硬是喝高咯哦,杀个球的人,酒量不好就不要喝这个酒,瓜娃子娃娃。'"

"于是我才发现,客栈内的人都好好的,刚才一切不过是我的幻觉,是因你那对绿洞般大胸引发的妄想。"

说罢,我眼神垂向她的彪马球鞋,不再言语。

"完了?"
"完了。"
"莫名其妙,想表达什么?我充满魔力的胸?听着也不像啊。"
"或许我想表达,有些事情,只有不顾一切的疯狂时,才能做。比如你老爸,一直想拍自己心目中追求的电影,却又没拍。为什么?必然是有些东西丢不下。或者说,爱得还不够疯狂。可能某一天,他仍旧执着那个追求,就会全力去拍他想拍的电影。因为——爱,让我们不顾一切。大概吧。"

女孩抽出支烟,夹在嘴唇和鼻孔之间来回嗅,并不急着点燃。

"比起 D 罩杯,我现在反而想当个平胸妹。"

思量片刻,她亦道出一句莫名其妙的话。

"神经病。你的胸,不知道多少男人流口水,多少女人羡慕不来喃。"

她看着我力度轻微拉动嘴角,过了几秒后神秘兮兮的说:"晚点给你答案。"

3.

当晚,11 点过,我伏案修片。
放显示屏旁的手机震动,她微信我,语音信息。

我调至"听筒收听信息",她的声音贴着我的左耳缓缓流出:

我想当平胸的女孩,是因为你的女朋友是平胸。

并不算意外的意外像从哪里飞来的网球砸在脑袋上。

紧接着,传来她的第二条语音:

明晚你能陪我喝苦艾酒吗?

我把 photoshop 工作界面收到最小,桌面壁纸是与女友在马尔代夫游玩时的合影,同样一组照片也发送过朋友圈。

你说的哦,爱,让我们不顾一切。

第三条信息,她改用了文字发送。

不了,改日吧。

我文字回复后,关掉手机,关掉电脑。卧室里那个正发出轻轻鼾声、半梦半醒的平胸女人,等着我躺她身旁,才会真真切切安然入眠。

毕竟,爱让我们不顾一切。

小二

1.

2011年初认识的小二,工作关系。

那时的我在一家房产开发公司上班,那时本市主城区住宅均价还没过5位数,那时的我25岁,体重130斤,尚且腹肌6块偶露峥嵘。

小二是夜场的包房公主,某次乙方公司宴请的余兴节目中,我与她相遇。

据说,一座城市娱乐业的兴旺发达是开放包容的另类解读。

因此之故,我所生活的城市吞纳了数百万计的外来人员。有的人背井,再未回去。有的人离乡,心含荣归。他们在此逐梦追利,他们在此生根发芽。小二便是那数百万分之一,小如浪花卷起的泡沫,小如长发里的一颗皮屑。尽管如此,她的故事依然是可复制的精彩。

嘈杂的声浪中,当年芳邻19的小二坐我怀里陪我喝酒。我伏她耳边细语:

"你好像我的初恋。"

她笑,说好多人都这样讲,难道是因为她有一张大众情人脸?

我示意她胸口。

"那我喃?"紧挨身旁花名叫小月的包房公主挺着胸问。外面尚是寒冬,内里如夏。裸腿套超短裙的客户经理调低房间里的音量,给我上司敬酒。

我鼻尖徜徉她胸口处的皮肤:"像我妈的。"
房间里爆出一阵比劲歌热舞还喧嚣的笑声。

2.

这晚,我与小二同衣共裘。其后,我们从一夜发展为长期床上友谊的伙伴,每月规律享受数次合欢。

小二有个怪癖,做爱时一定要仪式性的穿着鞋子。春夏款的女式高跟单鞋。即便隆冬腊月天,她也会在做爱时从大挎包中拿出这样一双鞋子穿上。做完后再脱掉洗澡或者睡觉。如果还要来第二次,又会穿起。即便是晨间的性爱,亦不例外。

"为什么非要穿喃?"第三次做的时候,我问她。
"我不想一丝不挂的和男朋友以外的人做。"当时的她有男友,并且就在同一个城市。
她在夜场做包房公主,男友在另一个夜场做包房少爷,即服务女客户。貌似天生一对。

小二曾说,她做这行是受男友影响。男友早她一年来到本市,从没有提过他的工作,每月都会给尚在读书的她一笔不算小的生活费。一年后,小二职高毕业,来本市找男友。同居时,发现男友的职业。小二并没有苛责男友的选择,这是一个快速积累金钱的营生之计,为了他们共同的梦想。

那是一个金子般的梦想,等挣够了那笔钱,他们回到老家,修建一座留守儿童的乐园。乐园里有敞亮的图书室,有平坦的塑胶操场,孩子们可以放肆享受阅读和运动的乐趣。还要有个宽敞整洁又温馨的厨房及餐厅,到了饭点,飘出菜香。孩子们只需付出如洗碗打扫等小小劳动,便可以免费享用可口营养的餐食。为了这个梦想,小二选择了和男友同样的职业。

我曾在她熟睡的时候,仔细观察她的双脚。

那算不上是双漂亮的脚,后跟和前掌都长着层老茧,小脚趾因为长期穿高跟鞋走路的缘故,被挤压畸形。有人说,走过多少艰难的路,留下多少坚硬的茧。这双她不愿展示人前的脚,和她年轻的胴体与容颜形成极大的反差。

梦想是什么?梦想就是一种让你坚持就感到幸福的东西。

数年后,电影《中国合伙人》里的黄晓明如是说。

3.

每次做完爱,她穿好衣服要离开时,我会给她400块钱。起初她不要,说是喜欢我才和我上床,但我坚持给,以"梦想基金"的名义。她笑着说那以后图书室可以用你的名字命名。

"太高抬我了。"我说,"用放生理卫生类书籍的书架命名就可以了。"

"好啊。"微笑的小二有种妩媚的美,一如浮世绘上的和服女。

4.

这样的关系持续了近一年。2012年春节前夕,我们做了最后一次爱。

"明天我回老家了,然后就不再来了。"她躺在我胸口说,我们一起睡在放满热水的酒店浴缸里。她从没去过我的家,每次约会都是酒店开房。

"回去修儿童乐园?"

"不。"她说,"回去嫁人。"

我看不见她的表情,但能感受她的凄惘。

半年前,小二和她男友分手了。据她说他和一个有钱的中年孀居女人去了福建。

"哦。"我清唱,"要是嫁人不要嫁给别人,一定要嫁给我。"

她翻过身,轻轻吻我。

这最后一次的合欢,她极其细致的舔我全身,从眼窝,到耳朵,到乳头,到野兽。又如饥饿的小猫,放肆啃咬我的脖子、肩膀、手臂,留下深深的齿痕与红印。

这最后一次的合欢,我们没有过夜。当晚 11 点,我送她回到她租住的小区门口。分别时刻,转身之际,迷离夜光中我清晰看见她星点闪烁的泪。

> 只想追赶生命里一分一秒
> 原来多么可笑
> 你是真正目标
> 一追再追
> ……
> 只得你会叫我仿佛人群里最重要
> 有了你即使沈睡了
> 也在笑

回家的出租车里,电台中的张国荣缓缓唱道。